戀愛天空

MAME 著
MN 繪
舒宇 譯

上
Love Sky

目 錄

⚑⚑ 序章

凌晨兩點半，白天裡車水馬龍的主要幹道，此時卻被改造成一般人想像不到的樣子——兩台大型貨櫃車並排停靠，上頭載滿高馬力的重機。於此同時，數輛黑色轎車擋住馬路兩端的出入口，不讓閒雜人等進入——普通的馬路，如今已化身為市中心的競技場。

這場特殊賽事，原本只有受邀之人才能參加。

可今晚卻不太一樣，一個偷溜進來的男孩在控場保鑣的追捕下，為整場賽事帶來了意料之外的變化。而這團混亂，最終結束在大技師的肩膀上。

不請自來的客人被扛走了，但他似乎完全忘了同行的好友。

被帶著闖入這場騷動的 Sky，只能追在奔馳而去的車子後方，眼睜睜地看著好友被帶走，臉上神色倉促，不知該先擔心好友還是自己。

一場不允許外人進入的賽事，也意味著潛入的人同樣不被允許離開。

該死的 Rain，又替我找麻煩！

就在此時，背後傳來了招呼聲……。

「你是跟 Phayu 家那小孩一起來的吧？」

說話的男人手上晃著一把鑰匙，而 Sky 記得很清楚，那

是……好友的車鑰匙。

「你朋友掉了鑰匙。」

男人的眼神告訴Sky，他正覺得現在的狀況很有趣。

「如果我想拿回來，需要用什麼交換？」Sky皺眉。

「直接給你也行。」對方看似好意地遞了過來。

就在男孩準備伸手接過的前一刻，不好的預感突地竄出。

「不過這場賽事需要邀請函才能入場，像你這樣偷偷潛進來可不行。」

「那請問我要怎樣才能離開？」

接著，他害怕的事情發生了。

「我想，你應該懂我要什麼。」

儘管Sky告訴自己，絕對別再跟任何人有所牽扯，但在確認過四周戒備森嚴的狀況後，也只能選擇答應下來。

「也行。」

反正沒什麼好損失的……不過是一夜情而已。

「要脫衣服了嗎？」

「嘿！慢慢來就好，一來就脫衣服可不是我的作風。」

「哼。」

比起想笑，Phraphai更覺得詫異。

當他帶著男孩踏進這間專門用來獵豔的奢華公寓時，對方似乎並不在意，只隨手脫掉了自己的T-Shirt，丟到沙發

的椅背上。這讓 Phraphai 有些驚訝，且……更加興奮，尤其是當他看見男孩開始嘆氣的時候。

看來男孩的「也行」，並非說說而已。

Phrapai 一邊微笑，一邊用審視的眼神打量那個他剛從市中心賽車場帶出來的孩子。

今天跟過去的每周五一樣，泰國有權有勢又目無法紀的人士，在首都中心的主幹道上舉辦競速比賽。Phraphai 是一名優秀的車手，幾乎每次活動都會露面，但今天稍微特別了點，有個不請自來的客人——也就是 Phayu 家的那個男孩——闖了進來。

Phraphai 並不認識對方，不過倒是肯定他敢偷潛進來的膽識。他甚至還讓保鑣到處追著跑，弄得全場雞飛狗跳，直到最後被 Phayu 帶走才結束了這場鬧劇。但那人似乎忘了朋友，趁著狀況一團糟時，Phraphai 拿到那人的車鑰匙，也觀察到有另一個陌生男孩追著他的朋友，卻沒有趕上急驟而去的暴風。見狀，Phraphai 馬上知道兩人是一起的。

既然發現了，像他這麼「好」的人，怎麼會視若無睹？於是他藉口拿車鑰匙去還，順道附帶一句若想平安離開會場，就得答應自己的條件。

原本只是半開玩笑的提議，卻沒想到……對方接受了，還對自己投以不屑的眼神。

乍看之下，眼前的男孩似乎沒什麼特色，長得也不算太顯眼。但一細看便會發現，無論是高挑的身材、令人想踩躪

的豔麗雙唇，或者一頭柔軟到讓人想伸手觸摸的黑髮，都十分吸引人，除此之外……每當那小鹿般的黑眼珠裡，顯露出冷淡的情緒時，他就不禁渾身發熱。

看似乖巧的孩子，身上似乎藏著不少祕密，讓人想要一探究竟。

此時，那孩子突然靠了過來，手熟練地放在自己的褲檔上。

「快點做一做，這樣我才能回家。」

Phraphai再次感到驚訝，男孩似乎對這種事相當熟練。不過既然雙方都樂意，那麼他也不吃虧，說不定今晚會有場比以往都棒的情事。

不過……。

「我可不是個隨便做做就了事的人。」

Phraphai臉上帶著狡猾的微笑，環住對方的腰，將男孩拉進自己厚實的懷裡。他意有所指地看著對方的眼睛，在對方變臉的那一瞬間愉悅地低下頭，意圖觸碰那雙在賽車場就想親吻的唇瓣，但……。

「別拖拖拉拉的！」男孩一邊嘀咕，一邊抬手摀住他的嘴巴，接著使勁從自己懷裡掙開。

Phraphai鬆開手，從男孩的眼神中，他看出對方並沒有食言的意思。不過這小孩接下來的動作，也著實讓Phraphai嚇了一跳。

高瘦的身子在他的前方跪下，並且……解開了他牛仔

褲的扣子。

這小孩怎麼看都不超過二十歲吧！

無論從哪個角度看，Phraphai都不覺得對方的年紀有比自家弟弟大，更何況樣貌看起來也乖多了，他親愛的弟弟可是從外表就知道經驗豐富，但面前的男孩卻相反。即便說他毫無性經驗，Phraphai也會相信。

這樣的反差，讓遊戲人間的Phraphai產生了難以名狀的興趣。不過當對方柔軟的手碰觸到他的小兄弟時，那些細微末節就全從腦袋裡消失了。

一雙溫暖的手圈握著他，力道剛好，不會太重也不會太輕，很清楚該如何移動、要在哪裡使力。

當男孩的指尖於頂端來回摩挲時，Phraphai也隨之渾身一陣酥麻，炙熱的呼吸從喉頭湧了上來，沒一會兒，小兄弟的尺寸已經漲大了不少。

「很厲害嘛！」

不過是將手放在對方的頭上、順口稱讚而已，那雙烏黑的眼睛便立刻瞪過來，接著才將注意力又轉回手上。

這次男人已經不太吃驚了，在他看見……粉色的舌尖沒有一絲嫌惡地舔上自己的分身時……他很滿意，非常地滿意。

突然間，這個看似單純、整齊乖巧的孩子釋放出不一樣的氣息，儘管表情未變，但Phraphai卻感受得到他散發出的性感氛圍。

浸濕頭髮的汗珠，令人想要舔舐。當他偏著頭、露出一節白皙頸項時，令人想要啃咬。正舔著硬挺肉棒的粉色舌頭，濕潤到令人想要吸吮。又或者……是因為他的凶器正在對方的嘴裡，才讓他如此興奮。

他媽的性感！

「啾……噗啾！噗啾……」

那孩子將整根肉棒含進嘴裡，加重吸吮的力道，發出的淫穢聲響激起了大個子的情慾，讓他的呼吸著了火。但Phraphai也只是將手放在對方形狀好看的後腦勺上，並不急著加快節奏，僅僅用灼熱的眼神看著對方纖細的身軀，像望著獵物的掠食者一樣舔著嘴唇。

對方仍在討好他，又是用嘴唇沿著火熱的肉棒磨蹭，又是將軟舌上下舔弄，直到它變得濕潤，甚至還替他深喉，讓Phraphai不得不發出呻吟。

這孩子的技術，好到簡直令人難以置信。可即便如此，他依舊無法滿足。

「可以結束了吧？我臉頰都痠了。」男孩抬起頭，用不悅的聲音說著。他也明白對方沒有那麼容易繳械，因此將火熱的肉棒吐了出來，出手握住套弄。而這時……。

唰！

「喂！」

看到男孩臉上驚訝的表情，Phraphai心裡有股難以言喻的得意。他扯住男孩的手臂，迫使他站起身，之後便拉著步

伐踉蹌的人前往主臥室，在用腳踢開門後，才轉頭和那瘦削的人對上視線，同時將他全身上下掃視了一次。

「光用嘴是滿足不了我的。」銳利的目光停在略為腫脹的紅唇上。而眼前的男孩在聽見這句話之後，瞬間便將嘴唇咬到泛白。

他是覺得受傷，抑或是感到生氣呢？

無論是哪一種，男人通通不在意。他自顧自地將那纖細的身軀推到床上，隨之老練地騎了上去，但……。

「套子在哪？」

「在抽屜。」

Phraphai差點想說謊，可一見到那閃爍的眼神，他就知道要是硬說沒有的話，今晚大概就沒得吃了。

男孩翻身打開床頭邊的抽屜，將大盒的保險套及潤滑液丟到床上，眼裡寫滿了不屑。見狀，Phraphai忍不住出言逗弄。

「今晚我會把這些全都用完喔？」

「……」

男孩沒有回答，只是冷冷地瞥了過來，接著便快速拉下身上的褲子，一次將內外褲褪到了腳尖上，快到令Phraphai感到可惜。畢竟他比較喜歡花時間慢慢剝去床伴身上的衣服。但這個想法很快就從腦海中消失，因為……。

「唔！」

那小孩正在玩弄自己的身體！

纖長的雙手搓揉著淺色的乳頭，直到不經意地發出低吟。那張在吸吮他的分身時仍面無表情的臉上也開始浮現紅暈，儘管雙唇緊緊地抿在一起，可還是無法阻擋微弱的呻吟聲溢出。

光看就知道對方的乳頭有多敏感，讓他想要……舔舔。

但Phraphai仍然沒有動作，因為對方的眼神很明確地告訴他先等等。

接著，男孩抓過瓶子，將潤滑液倒在兩隻手上搓熱。那熟練的動作，讓Phraphai偷偷吞了吞口水。

在目睹那人並沒有用手握住正在勃起的淺色肉棒，而是選擇打開雙腳、將手探向正在收縮的誘人後庭時，就連身經百戰的Phraphai也不得不深深吸了口氣，

「啊……」

讓他死了吧！

那一秒，Phraphai在心裡大吼。

他目不轉睛地盯著正在動作的白皙雙手。男孩指尖插進身體深處擴張的模樣，讓他情不自禁屏住呼吸。當微弱的呻吟聲再次從對方喉頭溢出時，他的下半身也幾乎快炸了。光是用看的，就讓他瀕臨爆發邊緣。

性感兩個字還遠遠不足以形容！

此時，男孩正分開雙腿，腳尖踩在比原先更加凌亂的床上，酡紅的臉頰在柔軟的枕頭上輕輕地左右晃動，一臉難受的樣子。

他一手掰開臀瓣，另一手的指尖則一次次緩緩地探入肉穴，直到插進三根手指為止。那煽情的姿態，讓Phraphai幾乎要發瘋。

這孩子非常瞭解自己的敏感點。

「哈……啊哈……」

就連輕輕的低吟聲，都能觸動Phraphai的情慾。

「嗯～～」

Phraphai的眼睛頓時亮了起來，當他伸手輕輕去扯那柔軟的乳頭時，床上的人微微扭動身軀，瞪大眼睛，張嘴呻吟，全身上下都在顫抖，這讓他忍不住用指尖在頂端的突起上一推，感覺它比任何他曾經玩過的都大。

「你穿過乳環？」

「拿……拿掉……很久了。」

不是只有單邊，而是兩邊都有。

Phraphai的嘴角倏地勾起。

啾！

「呃，不……不要……」

他知道要如何撩撥這個一臉冷漠的小孩了。

男人低下頭，開始用力吸吮那處突起。一手則忽輕忽重地捏著另一側，直到身下的人呻吟出聲。而男孩撫慰下半身的雙手動作也更快了，發出的水聲讓Phraphai忍不住低吼，深吸一口氣後心急地抓過保險套。

受不了了！

這是 Phraphai 這輩子幾乎從未有過的感覺。誰會相信那個外表乖巧的小孩，在床上居然有如此驚人的致命吸引力。

黑色的眼睛水汪汪的，兩頰通紅，雙唇微微張開，儘管極力克制，還是有微弱的呻吟聲洩出。令人想讓他叫出聲來，讓他在自己的懷抱裡難耐地扭動。

唰！

Phraphai 用嘴撕開保險套的外包裝，迅速地替自己戴上。隨即抓起小孩的雙手，讓他摟住自己的脖子。狂野的利眸緊盯著那因玩弄自己後面而渾身無力的人，然後……。

噗呲！

「啊!!!嗯～～」

在他將自己的分身送入溫熱的小穴裡時，懷裡的人隨即緊咬住嘴唇，那紅通通的雙頰令他的慾望更加勃發。男孩極力壓抑的模樣讓 Phraphai 十分不滿，他猛地以嘴覆上那鮮豔的唇瓣、探入舌尖，粗暴地掃過每一處甜美，像是不願讓人逃開似的。

親吻的聲音響徹了整個房間，卻比不上火熱的粗大肉棒在嫩穴裡迅速進出時所帶出的水聲來得激烈。

「不要憋著……讓我聽你的聲音。」

Phraphai 在男孩唇邊低吼，接著將頭埋進白皙的頸項間，順著慾望一路沿著頸部吸吮，同時加大了臀部擺動的力道，一次次地將陰莖捅進那緊緊包覆住自己、幾乎要將他逼

死的甜美甬道中。

但男孩卻依舊不肯照他的話去做。

「嗯⋯⋯啊！哈⋯⋯」

懷裡的人一次又一次地試圖壓抑自己的聲音，就在此時⋯⋯。

啪啪啪啪！

「啊！！輕⋯⋯輕點，輕一點⋯⋯」

Phraphai無視對方的抗議，只顧著一次次進入那柔軟甜美之處。懷裡的人在床上不住扭動，頭也來回地左右搖晃⋯⋯天啊！這是他睡過最美最性感的人了。

但那還不是最致命的。

「要瘋了！」

應該被操到無力的人支起身體，往Phraphai的胸口一推，接著便跨到他的大腿上。

男人順勢倒在床上，這完全超出他的預期。但驚訝不了多久，Phraphai的眼睛就亮了起來，在⋯⋯那小孩自己動的時候。

身材瘦高的男孩不像Phraphai那麼有肌肉，他正用雙手撐在Phraphai的腹部上方，紅著臉、呼吸急促地自己上下移動著。

這激起了Phraphai的欲望，讓他忍不住推著男孩的肩頭，使其後仰，而那小孩則移動雙手、搭在他的大腿上。

美景！

然後⋯⋯。

「啊啊！等等⋯⋯嗯⋯⋯啊！」

大個子抓住男孩渾圓的臀部，以飛快的節奏抽插著。劇烈的快感，終於讓男孩不住地呻吟出聲。原本說等等的人，現在展現的熱情卻一點也不輸人。Phraphai用單手握住了可愛的肉棒，以相同的節奏套弄著，嘴也湊上來吸吮淺色的乳頭，直到男孩像被電到一般全身抽搐，整個人差點趴倒在Phraphai的腿上。

不過那看似要受不住的人，卻給出了一個令他相當滿意的反應。

這具身體分明就像隻魅惑的貓般誘人！

「用力⋯⋯用力點⋯⋯再、再多⋯⋯」

Phraphai如今也完全陷入了這場情事中。肉體撞擊的聲音響徹整個寬敞的房間，呻吟及喘氣聲也隨著身體律動的節奏響起，汗水浸濕了全身，室內的溫度隨著熱情又更高了一些。

「啊！」

就在那時，嬌小的身軀劇烈地抽搐了起來。男孩雙眼緊閉，將慾望釋放在白皙平坦的小腹上。

強烈的視覺刺激，讓Phraphai更加興奮。這具身體勒得他近乎發瘋，絞得他快要發狂，溫熱的嘴唇再一次覆上艷色的唇瓣，用力地蹂躪後退開，僅僅為了聽見挑釁目光下的大聲喘息。

「這次……嗚！哈……可以結束了嗎？」

Phraphai立刻駁斥了男孩太過天真的想法，這只會讓他更加瘋狂而已！

「還不如來算一下今晚到結束之前，我會在你身上高潮幾次好了。」

誰說這個孩子不吸引人，Phraphai絕對會跟他吵，因為那張掛著冷笑卻布滿紅暈的臉，以及那雙憂傷的眼睛，正牢牢地刻在他的心裡，難以除去。

這個孩子很有意思……有意思到令人移不開視線！

走出大樓的時候，Sky左右轉了轉脖子，試圖驅趕走痠痛，接著回頭用冷漠的眼神望著那男人的奢華小公寓，沒幾分鐘前的對話在腦海中閃過。

「要回去了？」

「我有什麼必須留下來的理由嗎？」

「真冷漠，昨晚明明叫得那麼熱情……不然給我你的電話號碼？」

「沒有必要。」

「那名字也可以。」

「不用知道吧，昨晚就已經通通結束了。」

男孩雙手拳頭緊握，閉上眼，輕聲地喃喃自語：

「淨是些討厭的傢伙……他也是個會給人帶來不幸的男人。」

Sky再次睜開眼睛。瞳眸中原本呼之欲出的哀傷情緒，如今已完美地隱藏起來。

該習慣了吧，Sky。你的人生就只會遇到這種不祥的傢伙！

這樣想著的人轉身走向好友的車——讓他跟那個男人睡了一晚的主要原因。

⚐⚑ 第 一 章

風 吹 來 的 日 子

兩個月後。

「緊張緊張！接下來是第四十五集。」

在距離知名大學不遠的一處學生宿舍內，房間的主人Naphon同學——也就是朋友口中的Sky——正抖著腳躺在大床上，身旁的床墊上還堆疊了近十本看完沒多久的漫畫，他將手中那本疊到其他集的上頭，然後翻到床邊，在剛買來的一整套漫畫中尋找下一集。

「這本是第四十六集……第四十五集在哪？」

當他拿起放在最上面的書，發現不是自己需要的那集時，昨天開始就懶躺在床上的人從皺巴巴的床上坐了起來，在一次買齊、會看到眼睛花掉的七十集漫畫中翻找，但無論怎麼翻，甚至全倒在床上，Sky仍然找不到他想要的那本，讓他馬上皺起了眉頭。

「搞屁喔，四十六到七十集都是齊的，那第四十五集到底在哪!?」房間的主人不爽地嘀咕。

把還沒看的集數排好後，發現就只少那一本。Sky瞄到倒書出來時一併出現的收據，便把收據拿起來看，想著如果自己付了七十本的錢卻只拿到六十九本，那他就要去店裡給店員好看！

（不管是誰幹了什麼好事，我都不會因此而生氣，但不要在我看漫畫的時候缺書！）

算著收據上列示漫畫本數的人這樣想著，然後在腦海中快速計算出結果……。

「真的是六十九本。」

所以是可惡的店員拿給他時就不齊了！

砰！

一想到那樣，Sky再次倒回床上躺平，抬起手揉了揉因沒日沒夜看漫畫而刺痛的雙眼──沒有什麼事情可以制止正在興頭上的人──況且學期中也熬夜熬習慣了，不過是無所事事、傻躺著看漫畫而已，哪可能傷得了他，又不是教授那種趕得要死的功課。

「幾點了啊？」

既然書都缺了，不喜歡跳著看的人也就想起了時間，而一看到掛在牆上的時鐘，他便知道自己的眼睛為什麼那麼痛了。

從開始看到現在，足足過了有大概一天半。

摸著自己肚子的人這樣想著，一發現自己沒睡覺之後，也就注意到自己同樣沒有吃飯。

「吃飯、洗澡、睡覺，然後醒來再去買第四十五集。」男孩自己下了結論。接著走去開冰箱、看看有什麼可以果腹，儘管是個住宿生，但可不是每個住宿生都只會依靠泡麵度日，希望至少能有個米飯類的冷凍食品吧！

這就是Naphon同學在學校放假時的日常生活作息。

雖說Sky在開學的時候是建築系學生會的一員，備受朋友的推崇，但學校放假時，既不用跑腿跑到頭昏眼花，也不必像手持風火輪似地趕教授出的作業（寫作業的時間比打電話跟爸媽聊天還多），還不用負責新生訓練，那麼這時的他，也會想沒日沒夜地軟爛度日。

就算已經這樣廢了一個月也無所謂。

一翻到即食食品，Sky立刻將它放進微波爐，然後脫掉衣服、丟進洗衣籃裡，打算先洗個澡清爽一下，再來慢慢吃這一餐……是哪一餐就隨便了。但還來不及脫掉褲子，手機鈴聲就在枕頭底下響起。

「又跟老公吵架，然後要來跟我抱怨了吧。」

懶洋洋接起電話的Sky，語氣聽似不太耐煩，不過臉上卻露出淡淡的微笑，他一想起親愛的朋友Warain就覺得有趣，之前還每天打來抒發追不到女生的五四三，現在一有正牌老公之後，聯絡的頻率就直線下降，僅僅在出問題想找人商量的時候才會打來。然後會這麼早撥給自己的人，也只有他一個。

唸建築的孩子不喜歡早起，即便是放假也不例外。

可螢幕上顯示的十個數字卻讓他皺起了眉。

似乎不是原本以為的好友，不過Sky仍舊不想無視這通電話，因為他是系學會的成員，有時會有教授、系上職員或者幾乎沒聊過天的學長姐打來詢問活動的事情，而最近不外

乎就是新生訓練的事。

再沒幾星期，Sky 就要升上大二了，而非常幸運的是，Six（另一個同屆的友人）為了想一上大三就能擔任新生訓練的總負責人而自願擔任大二的組長。對 Sky 來說，有人自願真是太好了，因為比起在大一生面前做出嘻嘻哈哈的樣子，要他坐著撰寫一堆文件可能還好一點。坦白說，前者他可能辦不到。畢竟他向來安分守己、也不喜歡跟人起衝突。

因此，為了避免漏接電話引起麻煩，Sky 馬上就按了接聽。

「您好。」

〔……〕

可電話另一頭卻是一陣沉默。

「哈囉？請問有聽到嗎？」他繼續道。

〔非常清楚。〕

似曾相識的促狹嗓音令 Sk 不自覺地皺起眉，可卻沒什麼熟悉的印象，或者說忘光了也行。

「請問您是？」

〔那你又是誰？〕

欠揍喔！

Sky 眯了一下眼睛，本能地知道電話的另一頭正在鬧他，但一時真的想不起來這個聲音是哪位認識的人，萬一對方是某個喜歡欺負學弟妹的學長，那貿然罵回去就完蛋了，因此他也只能嘆一口氣，然後用正經的聲音說：

「我是Sky。」

〔好可愛的名字。〕

「你打來只有這件事的話,那我掛了。」

〔你也太像熱鍋中的螞蟻了。〕

就算再冷靜的人,遇到這種事都會眉頭一皺吧!

「對,我就是熱,所以我要掛了。」

〔那其他部位也熱嗎?〕

神經病,絕對是個神經病。

但Sky還來不及掛掉電話,電話那頭就傳來了耳熟的悶笑聲,可他仍想不起來那個聲音屬於誰。雖然內心很想知道那混蛋的真面目,不過向來自持的他,遇到這種狀況依舊可以按兵不動。

「全身都很熱啦!」

〔呵!哪裡很熱?需不需要幫你降溫?〕

電話這頭的人露出了不屑的冷笑。

「人類是種恆溫動物,身為人類的我,身體會熱並不奇怪,不需要你來幫什麼忙,而我正巧不喜歡跟冷血動物打交道,就這樣!」然後就掛了電話!

「死巨蜥(註)!」

剛剛罵出口的話,意思十分清楚。

(譯註: เหี้ย,澤巨蜥,又稱圓鼻巨蜥,同時也是泰國的髒話之一,類似中文的「幹」或者「混蛋」、「爛人」的意思。)

反正冷血動物就是爬蟲類，而爬蟲類在 Sky 的第一印象裡就是……巨蜥！

他有腦袋可以想到的話，那就達成目的了，但如果沒有……讓他繼續蠢下去，也滿好的！

「一早就不爽！」

叮～

就在此時，微波爐傳來了聲響，讓氣頭上的人深吸了一口氣、將電話拋到床上，然後去打開微波爐，將發燙的飯盒拿出來丟在日式小桌上，隨後拿起插在不遠處的叉子，打算將那神經病的事情拋諸腦後，但飯盒的蓋子還來不及打開……。

鈴～～～～

手機的主人深呼吸了一下，把電話拿過來一看，發現仍是同一個神經病的號碼。

「你這麼閒的話，不如打電話去跟心理醫生諮詢如何？」

〔呵，我才不去，更何況去看醫生也不會有幫助。〕

心情極佳的嗓音隨之響起，好像不記得剛剛才被罵過似的。

「我是說……」

〔因為哥這是心病。〕

呃！

Sky 將所有的話都吞了回去，他沒想到會聽到這種話，

不過也就楞了一下子而已，因為……。

「是猩紅熱的話，記得吃藥，打給我一點幫助也沒有。」

電話那頭的輕笑聲，讓人一陣心癢，並附送一句反駁……。

〔我真的是心……心病喔！〕

刻意的咬字，讓電話這頭的人瞪大了眼睛，他覺得自己的耐心快要用光了，甚至差點想將手機摔到牆上。跟這種死白目聊越久，肚子就越是咕嚕咕嚕叫，而且還微微刺痛，像是胃即將出問題一樣。

誰要……。

〔你預備好，哥要追你了！〕

聽的人嘴巴都抿在一起了，腦袋中飛快地思考著電話那頭到底是誰。

「你是誰？」想不出來就直接問。

〔帥氣的風啊！〕

但Sky越聽越想不出來，唯一一個他認識且跟這個字最有關聯的人是Phayu學長，也就是Rain那小子的男朋友，但一想到好友的男朋友這樣說話，他的寒毛都要豎起來了，Phayu學長不可能用這種方式撩人，另外，那個人愛Rain愛得要死，根本不可能會來耍他玩。

沉默的樣子讓電話那頭的人繼續笑著說：

「對了，準備好你的心，因為哥不是說說而已……那

我不打擾了，掰掰～～」

「等下……」

Sky 叫出聲，但對方已經掛上電話，讓他只能盯著眼前跳回動漫背景圖片的手機螢幕，絞盡腦汁去想自己是否有不小心招誰惹誰，但不管是坐著想還是躺著想，答案都是……沒有。

他進大學之後就不浪了，也沒跟別人說過自己是 Gay，因此，要說最有可能是哪一次，應該就是幾個月前的那件事。

之前 Sky 意外跟在賽車比賽上遇到的男人睡了一晚，但都過了那麼久，久到都要忘記了，而且短暫的相處告訴他，那種男人決不會對誰認真，頂多只會跟看得上眼的人玩玩，而自己只是湊巧出現在他面前而已。

那張充滿自信的臉，在他腦海中一閃而過。還有那雙玩世不恭的琥珀色眼睛、總掛著一抹微笑的嘴角，以及他自信滿滿的魅力，都讓 Sky 克制不住自己，任那個男人在床上予取予求。

所有回憶一股腦地湧進思緒之中，讓他不禁閉上眼睛。

「應該不可能。他既不知道我的名字，也沒有我的電話號碼，應該只是隨機撥號的變態打來鬧而已。」

Sky 甩開這個想法，可還來不及拿起叉子吃飯……。

鈴～～～～

「我今天是還能不能吃飯啦？」

他不爽地低語，瞟了一下手機螢幕，然後接聽。

「你要幹嘛？」

〔要跟可愛的Sky弟說，就算你罵我是死巨蜥，我也不痛不癢，畢竟習慣了，呵呵。〕

電話另一頭說完這些話就掛了電話。Sky倒抽一口氣，一句話也講不出來，尤其是結尾的輕笑聲像在告訴他，自己的咒罵有多麼可笑，這讓Sky舉起了手、準備將電話丟出去，但……。

鈴～～～

「又有何貴幹？」

這時，冷靜的人已經完全被激怒了，Sky完全沒注意來電號碼就接了起來，語氣也相當不爽。而電話那頭是……。

〔呃！你怎麼了？生什麼氣啊？〕

這次，Sky明確地記得這個聲音。

「靠，Rain喔。」

〔對，是我。發生什麼事了嗎？你在生我的氣？不要生氣啦，我什麼都還沒做耶！〕

好友的聲音很輕，似乎相當內疚的樣子，讓Sky重重地嘆了口氣，他不想遷怒好友，於是用比原本冷靜了許多的聲音回答：

「沒事，我只是剛好要吃飯，然後被你的電話打斷了而已。」

〔原來如此，那我先掛了，你好好吃飯吧。〕

但他一副想殺人的樣子，Rain怎麼可能沒感覺到？於是，對方用乾澀的聲音說完後，便掛了電話。

　　Sky搖搖頭，雖然很訝異Rain這種人會乖乖掛電話，不像以往一樣東問西問，但他現在也沒有心情去細究這種事，光是有人打來煩就夠讓他頭痛，連熱好的飯都快冷掉了。

　　「帥氣的風？哼！帶衰的風才對吧？」

　　於是，此時又睏又餓、眼睛痛又沒洗澡的Sky在心裡想著，若是那陣風現在站在面前，他大概全副身心都準備好了，不過不是要接受什麼發神經的愛，而是準備當一次殺人犯，往那煩人傢伙的肚子捅上一刀。

　　「再熱一次好了。」

　　最後也只能喃喃自語，然後起身去將飯盒放進微波爐裡。

　　但Naphon同學還不知道的是，那陣風並不會乖乖地來了又走，而是正如他所言……不光是說說而已。

　　當下，Sky以為打來煩他的男人是意外跟他有了肉體關係的那個人，但當他看見每天傳來的那些訊息時，這個想法一下便從心裡消失，並不是Sky願意讀訊息或者回覆什麼的，不，他連一丁點想聊天的念頭都沒有，而是app每次在螢幕上跳出來的通知，讓男孩知道自己正被傳了什麼有病的訊息。

……早安，今天天氣真好，抬頭看著天空就會看見Sky了呢……

……放假都在做什麼呢？哥好無聊喔……

……快要開學了，Sky準備好了沒呀？……

他也對另一方的糾纏感到詫異，就算不回，不，甚至是連讀都未讀，但對方仍每天傳一堆亂七八糟的訊息來。簡單總結的話，這大概是系上某個來找麻煩的學長。如果是真的得碰到面的學長，他要怎麼應對才不會讓對方發現——實在有夠煩！

現在，Sky對於好友Rain追不到女生的事情，一點都不覺得奇怪了。試想每天面對這種訊息，根本不是驚喜，是驚嚇，而且是加倍的驚嚇！開學日一早，就聽見手機的提醒聲，以及短短的一則訊息：

……今天就會見到面囉！……

寒毛都要豎起來了！

Sky看著鏡子裡自己的倒影，深深地嘆了一口氣。他是個認得清現實的人，自己這副長相，應該不該會有誰對自己特別在意，他既不像Rain一般可愛，更不像Phayu學長那樣帥到沒朋友（就像Rain常常吹噓的那樣），不突出，也不像Six具有容易親近的人格特質，就是個隨處可見的一般人而已。此外，Sky也不想像幾年前一樣，為了讓自己有吸引力而特意打扮。

他只是個認真讀書的普通人，因為參加了很多活動，所

以認識了不少人而已。

現在的Naphon，已經許久不覺得自己有魅力了。

「看來這位學長的眼光大概很差啊。」Sky笑著對手機說。

儘管心裡有一部分覺得驚悚，但另一部分也好奇傳這些訊息來的人是誰，即使他的心在說不想談戀愛了。

我該相信第一直覺的！

大二開學的第一天，沒什麼需要在意的事情，就算身處在被戲稱是「教授功課出最狠」的系，教授也不會從第一堂課就開始吃人，只有新生訓練的階段會比較有趣，但Sky本來就不是做幕前工作的，他負責的是在幕後幫學長姐處理文件，不太需要在學弟妹面前露臉，因此今天跟往日也沒有什麼不同，直到……放學弟妹回家的時候。

對，學長姐放學弟妹回家了，可沒有人告訴他會在系上迎來這尊黑夜叉！

「Phai哥，你好。有很難找嗎？」

而且罪魁禍首還是同一個人——死Rain！

在Naphon的視野之中，他長相可愛、適合做人家老婆的小個子好友正奔向穿著深色襯衫及休閒褲的男人，那男人的身上還掛著拉鬆到第二顆釦子的領帶，目睹這一切的他嚇到失去平常的冷靜，無意識地抬起手指、指向對方的臉。

「你怎麼會在這!?」

這就是跟他睡了一晚的人！

「嗷？你認識 Phai 哥？喔對耶，那天 Phai 哥跟我要電話，就是為了還你東西嘛！」

我抓到罪魁禍首了！

Sky 咬牙切齒，拚命忍住想用力搖晃好友肩膀的衝動，但一看見死 Rain 逐漸消失的笑容，似乎是知道了自己不該沒得到允許就把朋友的電話號碼給別人，他就冷靜了一點——先把這次的事情問清楚，之後再來好好罵人。

「這是……」說話的人用眼神代替剩下的話語。

「喔對，雖然你們應該認識，不過這位是 Phai 哥，是 Phayu 哥在賽車場上的好朋友。然後 Phai 哥，這位是我朋友，他叫做……」

「Sky。你跟我說過了。」

Sky 的眼神暗示好友快快招來，而 Warain 雖然怕得身體逐漸縮起，可還是像討好似地趕緊說明。但他還沒來得及介紹完畢，莫名出現在系上的大個子就帶著笑臉擠了過來，嚇得 Sky 連忙退後一步，用肢體語言讓對方知道自己的厭惡。

好，原來所謂的「Phai」不是指蘋果派、蘑菇鹹派，或者雞肉鹹派這種可以吃下肚的東西，而是來自於——風神 Phraphai。

帥氣的風？

這個想法讓他違背本性地將對方從頭到腳掃視了一

遍……。

「有跟我推銷的一樣帥嗎？」

聽到這話的人猛地將自己的唇咬到發白，將已經滿到喉頭的謾罵吞了回去。再怎麼說那也是Rain男友的好朋友，他自己也不想在這裡發生衝突，還有……他更不想讓好友知道自己跟面前的男人有過什麼關係。

「對了，Phai哥不是說有東西要我轉交給Phayu哥嗎？在哪呢？」Rain這傢伙一見情勢不妙，就趕緊想圓場，不過Sky也看到，對方偷偷地挪出了自己觸手可及的範圍內。

「喔，就是這個。」眼前的男人從褲袋裡掏出來的東西是一張對折的紙片，然後將它遞給Warain。

「Rain，這東西很重要，麻煩你幫忙拿給Phayu。」

雖然Sky看不出來那東西跟用過即丟的紙有什麼差異，不過他並沒有多說什麼，因為好友也是一臉不可置信的樣子，但還是將那張紙收進包包裡。然後那雙深邃的眼睛又轉回來瞥了他一眼，露出大大的微笑，臉色看起來跟賽車那天一樣的滿意。

「那就……很高興認識你，Sky弟。」

但我並不樂意認識你！

Sky的表情也是一臉嫌棄。他明明就想忘掉那個瘋狂的夜晚，但對方偏偏出現在他面前，讓他不需像愛因斯坦一樣聰明，就可以猜到事情的全貌。

對方是從Rain那邊拿到他的號碼的，即使Sky心底盼

望對方只是賽場裡的隨便一個車手，跟自己身邊的人沒有關聯，但這什麼Phai哥的卻變成了Phayu學長（也就是Rain的男友）的好朋友，光是這樣，就足以讓所有的事情串在一起了。

從好友那副吞吞吐吐的樣子就知道，Phai哥是從Rain那裡騙到他的號碼。好友大概是不小心說溜嘴的，然後也就不用猜為什麼Phai哥明明不是系上學長，卻會知道他在哪裡唸書、幾年級以及什麼時候開學，高機率是從小個子友人身上得知的，還有那個傳來說會見面的訊息，也是因為藉口要托Rain轉交東西給Phayu學長。

那張紙上面一定是些沒營養的東西，絕對不是他說的重要事情。

他很清楚，自己比外表看起來更懂床笫之間的技巧，因此，Phai哥上心的並不是他，頂多只是想跟他做愛而已。

「對了，Rain不是急著要去找Phayu？這時候，他應該已經到家了。」

Sky一聽就知道對方為什麼急著出聲趕走他的好友，但這樣也好，他同樣也不想向好友坦誠那一段過往。

「但我得先送Sky回家。」

Rain不禁擔心起自己的好友，雖然放學弟妹回家的時間並沒有多晚，但也不是隨便就能找到車離開學校的時段，讓他走路回家又覺得愧疚，Sky的宿舍就一點路，還是先將他送回去比較好，而且他內心深處其實也不太信任男友的朋

友。

Sky一臉要殺了我的樣子，怎麼可以放他們兩個人獨處啦！

「沒關係，我可以自己回去，你回家吧。」

「可是……」

「回去吧！這時候，你家Phayu哥應該已經等急了。」

「這樣好嗎？」

「別擔心，我等下送他回去。」

就在此時，大個子熱心地插話進來，閃閃發亮的眼睛讓Warain更加不放心，尤其在看到Sky一言不發的模樣後，小個子立刻便打算開口拒絕，要不是……

鈴～～～

包包裡的電話鈴聲大到不得不讓Rain拿起來看一下。

「Phayu哥。」

短暫的停頓中，Sky聽見了大個子的悄悄話。

「Rain不知道我們的事情。」

Sky抬頭起來正視對方，並在那雙琥珀色的眼睛裡，發現了一絲狡猾。

對，Rain不知道，而且Sky也不想讓他知道。就因為他對Phayu哥的勝負欲和他的衝動，讓自己不得不跟面前的男人睡了一夜，好友如果知道了，大概會一直覺得很內疚吧。另外，Sky也不想讓他因自己而對男人之間的關係感到失望，就像自己覺得的那樣……只是性而已。

Rain正擁有屬於他的真愛與幸福，而Sky並不想破壞那個想像，因此，在Warain轉過來的時候，Sky也立刻用堅決的聲音說：

　　「你該回去了，都這麼晚了你還沒回家，Phayu哥該擔心死了。我等下跟……Phai哥一起回去也行。」Naphon一邊說，一邊瞟了一眼笑容燦爛的大個子——男人一副因被喊到名字而心滿意足的樣子。然後他又回過頭跟小個子好友再次確認：

　　「你不用擔心我。這不是Phayu哥的朋友嗎？如果他對我怎麼了，你也抓得到人呀。」

　　「哥可沒有要做什麼會被抓的事情吶。」

　　騙鬼！

　　Sky偏了一下頭，然後又再次點頭。

　　「真的沒事啦！」

　　「這樣啊？那我就把Sky託給Phai哥囉！」

　　雖然Rain看似猶豫，但最後還是點了頭，外加……

　　「然後明天，你跟我得好好聊一聊才行。」

　　就這樣，死Rain咻地一聲立刻消失在Sky的視線裡，留下他與身材高大的男人兩人獨處。

　　這時，Sky回過頭來，再次和男人對上眼。

　　「你到底想要什麼？」

　　男人露出了一個溫暖的微笑，一雙深邃的眼睛炯炯有神。他低下身，靠近個子較矮的人，直到兩人的視線交會在

一起，鼻尖只剩下一點點的距離，近得可以感覺到溫熱的呼吸噴在白皙的臉頰上，帥氣的人接著用輕柔的嗓音開口。

「哥說過了呀，我來追⋯⋯Sky弟的。」

那雙狡詐的眼睛在掃過他的臉龐後，停在雙唇上，讓Sky更確定原本的想法。

這絕對是一陣帶衰的風！

⚑⚑ 第二章

夜叉意在Naphon

「Sky弟，到了。」

「唉⋯⋯」

「太常嘆氣的話，小心老得快。」

「我老得快不快，與哥無關。」

「哪裡無關？我說了要追你，可不想要有個外表蒼老的男友呐～」

Naphon同學努力忍住再次嘆氣的衝動，深吸了一口氣，讓自己的情緒穩定下來，接著轉過頭看著自願送他回宿舍的車伕。儘管當時極度想拒絕，但一看到那雙深邃眼睛裡閃爍的固執，以及對方過去幾周的所做所為，Sky就覺得與其讓對方越玩越大，還不如乾脆乖乖就範，而且他真的猜不透這個男人還想做些什麼。

最起碼，不能再讓他來系館前堵人，否則就會成為別人茶餘飯後的話題。

「哥要玩的話，去找別人比較好吧？」Sky老實建議，但聽的人卻笑了。

「如果我想找別人，就不會這樣追著你跑了。」

也是。

Sky沉默了下來，過去幾個月應該要讓這個男人忘了自

己才對。但……。

「我不想跟哥玩這場遊戲。」

說話的人開了車門，毫不猶豫地要下車，完全不在乎自己正在被和Phayu學長一樣帥的男人追求，因為這與其說是追求，還不如說是想跟自己當炮友。

「別這樣看輕別人的誠意，試了才會知道呀。」開車的人自己也跟著下了車，用溫柔的嗓音說著。這種嗓音或許會讓許多女孩心軟，但不適用在Sky身上，他只是事不關己地聳了聳肩，同時往上方需要門禁卡的門移步過去。

「就是試過了，所以才知道不要。」

嗶！

砰！

雖然Sky一拿起包包感應，解鎖聲便立刻響起，但瘦削的人還來不及推門進去，門把便被一隻大手用力拉上，接著便聽見門再次迅速自動上鎖的聲音。

Sky轉過身去，然後就看見……男人懇求的眼神。

眼前的狀況完全出乎Sky意料之外，原本一開始以為會見到被拒絕後的憤怒，但這什麼叫Phai哥的卻用可憐的眼神回望，外加用落寞的聲音說：

「跟我試過之後，難道都沒有一絲留念嗎？」

「沒有。」

「一點點？」

「沒有！」

「一些些？」

「不管是一點點還是一咪咪，答案都是沒有。」

從在學校上車以來，Sky一路都在想，如果像電話裡一樣被糾纏，他大概會用臉色表達出自己極致的不爽，但誰會想得到，他得這樣閉緊嘴巴、克制情緒。不是克制罵人的衝動，而是克制想笑的情緒。

畢竟眼前的男人就像他自己所說的一樣……真的很帥。

對方身材高大，全身上下充滿了厚實的肌肉，再加上古銅色的皮膚，儘管不是高出自己特別多，但身材看起來就比自己壯實不少，更不用說那立體的五官、淡蜜色的眼睛、弧度優美嘴唇上方高挺的鼻梁，以及剃到與枕骨同齊的短髮造型。或許有人會覺得男人的長相令人望而生畏，但意外的是，Sky反而覺得他十分有魅力。

那雙漂亮的桃花眼裡，如今正閃爍著心情極佳的風采，再配上總是向上勾的唇角，讓他現在看上去十分好親近。Sky甚至猜想，當這個人開始吐露甜言蜜語時，大概能讓許多人心軟到說什麼都好。

整體來說，Phai哥的確相當有魅力。然後試想一下，一個帥哥正不滿地嘰著嘴、裝出楚楚可憐的眼神，臉上寫滿期盼，但肩膀卻失望地垂下來的樣子。這讓Sky咬緊了自己的唇瓣。

「不公平！只有我單方面對你動心？」

「哪裡不公平？又不是我要你對我動心的。」

Sky依舊冷冷地回話，他看著用巨大身軀擋住自己逃跑路線的人，想將那個寬闊的胸膛推開一點。

　　背後抵著的門，現在被另一個人牢牢拉住，前方還有高大的身軀逼向自己，另外，他們仍站在宿舍前面的斜坡，幸好久久沒人看見，因此男孩趁著這個不祥的帥風在思考時，用禮貌的聲音說：

　　「哥可以退後一點嗎？」

　　Sky並不覺得對方會老實聽話。只是當他一抬頭，就又對上了那雙琥珀色的雙眼。

　　「別把哥看成像豬狗一樣嘛〜〜」

　　Phai哥將雙手舉起、與肩同齊，再配上可憐兮兮的聲音，讓Sky差點想舉手摸摸他的頭。直到他差點要開口道歉了，這才⋯⋯。

　　「不然哥會忍不住想上你。」

　　這神經病！

　　這下子，Sky是真的火大了。他轉身想再次開門進去，可男人卻連忙拉住了他的手臂。

　　「先等一下！好啦好啦，我不鬧也行。」

　　最好是真的喔！

　　Sky再次轉了過來，看著男人的臉，示意對方可以說正事了。

　　男孩的動作，讓Phraphai臉上的笑意更深。

　　「Sky弟的表情真可愛。」

喂！

「好好好，進入正題。」

Sky嘆了口氣，再次望向對方的臉。感覺自己就像被耍著玩似的，還好這次大個子立刻進入了正題。

「我知道我們沒有一個好的開始，那就重來一次好了。我先介紹自己，我的名字叫Phraphai。看吧，就跟你說是帥氣的風了！」

這傢伙對自己的長相還真有自信。

眼前男人露出了帥氣的笑容，自信到有夠令人討厭，讓Sky終於脫口而出。

「Phraphai？我還以為哥的名字是Virun Chambang呢（註）。」

「……」

毫不意外，對方明顯地愣住了。大概不知道自己指的是什麼吧？這樣也好，他可以開口換個話題，但……。

「喔？我看起來像那個樣子？但似乎也有點道理。」

這次換成Sky意想不到了。不過這個花心男大概只是隨便附和，應該不是真的明白自己在講什麼，但當那高大的身影將視線移到自己的褲檔時，他卻不太確定了。

「我是跟夜叉一樣大沒錯，而且的確挺黑的。」

他果然知道！

（譯註：วิรุฬหกบรรพ 為泰國史詩《拉瑪堅》中的角色，為一尊全身藍色的夜叉。）

Virun Chambang是出現在《拉瑪堅》裡的夜叉，他心裡印象深刻的不是像名字那樣的隱身能力，而是皮膚……很黑。

對，他就是在罵面前這位哥的體型大如夜叉，而且還「烏漆墨黑」啦！可難以置信的是，他居然拿來比擬褲子裡的小兄弟，讓罵的人無法確定用這個字到底是罵人還是稱讚，而且看看他那副志得意滿、以為自己的尺寸可以跟夜叉媲美的樣子！

好好的文學作品都被他毀了！

「小Phai，爸爸的寶貝兒子，你被稱讚跟夜叉一樣大耶！」

真是白目至極的亂講話！

「早知道就罵你是『拉胡』算了！」

「Sky，拉胡的身形也跟夜叉差不多啊？」儘管只是喃喃自語，但距離這麼近，怎麼可能沒聽見，而且Phai哥還回了嘴，這讓創造出罵人詞彙的人抿住了雙唇，不久後就嘆一口氣認輸。

「事情講完了沒？」

「還沒，因為Sky還沒跟哥說你叫什麼名字。」

欠修理是吧！

Sky自問。而一看到對方的眼睛，就知道答案是……對！

都知道名字了，是還在問三小茄子啦？

「我還不知道你的大名、姓氏、年紀、生日、血型,愛吃什麼?喜不喜歡看電影?還有⋯⋯」Phraphai停了一下,然後才低下頭和男孩平視。

「有對象了嗎?」

在對方飛快發問時,Sky仍然保持沉穩,可卻在最後一個問題時頓了一下,只看眼神就知道,Phai哥並沒有在開玩笑,這讓他臉上浮出了冷笑。

「哥想知道?」

「不想知道的話,我就不會問了。」

Phraphai靠了上去,讓兩人之間幾乎不留縫隙,接著盯住那雙漂亮的眼睛、抬起手放到胸口上。

氣氛的變化,讓Sky不禁深吸了一口氣⋯⋯眼前的Phraphai,就像在從自己身上期待著些什麼似的。

「我有沒有對象,哥都沒有必要知道,因為我的答案是⋯⋯」Sky刻意讓自己的鼻尖與對方貼近,感覺得到男人正屏息以待,而那雙眼睛也正滿溢著勢在必得的自信。

Sky用鼻尖劃過對方的臉頰,往耳邊拖曳而去。兩人之間的距離近到幾乎可以聽見彼此的心跳,四周也滿溢著火熱的氣息。

Phraphai將手放到了Sky的腰上,而Sky也將嘴湊近男人的耳邊⋯⋯。

「不可能!!!」

男孩在對方耳邊大喊,讓原先頗有自信的男人嚇了一

跳，急忙退了開來。

抓緊時機，Sky重新拿起包包嗶卡，迅速地推開門進去，還不忘回頭立刻將門拉上，直到聽到輕輕的嗶嗶聲為止，所有動作都一氣呵成。

而此時，另一個人仍舉手摀著耳朵、來不及做任何反應。

「夠清楚了吧？拉胡哥！」

Sky露出了迷人的甜笑，接著轉身飛快地上了樓，無視在後方大喊的低沉嗓音。

「你不可能永遠無視我的！」

自戀去吧！就算付我錢我也不要，哼！

上樓回房的人想法舒坦了許多。

不管是追求他、糾纏他，還是要拉他上床，都隨便，反正他一樣都不給！

「不過明天……臭Rain死定了！」

男孩氣得直接罵出聲。

Phraphai仍用手摀著因大吼而耳鳴的耳朵，他用力甩頭、冷靜下來。不過與此同時，嘴角的笑意卻依舊止不住，深邃的雙眼也閃爍著志得意滿，儘管今天顯然是失敗了。

「真可愛！」

當他真的是神經病好了，就像Sky用眼神罵他的那樣。可一看到那直視過來的冷冽視線，他便忍不住想好好疼愛，

又或者是因為他本來就知道，那孩子的熱情隱藏在平靜的外表之下，所以只要能讓一路上板著一張臉坐車的人露出一點微笑，就算是成功了。

沒錯，今晚或許失敗了，不過就如他所說，他追求的是樂趣。就算今晚沒有得到他，也不代表過程不快樂。

Phraphai承認，自從幾個月前遇見了Sky，他就莫名地上心。拿到他的電話號碼打過去之後，一聽見那試圖裝客氣的嗓音，腦中便浮出那張寫滿不悅的臉。還有今天的會面，怕無聊的Phraphai覺得男孩……真的是有趣極了！

不，如果是Sky，大概會說「冷血動物般的有趣」吧？

「好在我聰明。」Phrapai笑著說，提醒自己得去感謝一下最小的妹妹。

像他這種人，怎麼可能去讀泰國文學？湊巧之前帶家人去玉佛寺時，妹妹在那裡一個個念著夜叉的名字，而且還轉過來說，如果他是夜叉，一定就是Virun Chambang，因為是全玉佛寺最黑的，所以他才記在了心裡。若非如此，即便自己再聰明，也絕對想不到那小孩在指桑罵槐些什麼。

「看樣子得增加些雜學知識，不然下次大概就跟不上了。」

Phraphai笑了笑，並在心裡記下來對方宿舍的路徑，接著才轉身回到車上。

與此同時，褲子口袋中的手機鈴聲大作，讓他不得不撈出來接聽。

「兄弟，怎樣？」

〔你特地去學校，就為了送這張紙給我？〕

車子的主人大笑出聲，想起那張他拿給 Rain，請他轉交給好友的紙。

Phayu 喜歡修整車子，而他則喜歡賽車，所以兩人相當合得來。

「嗯，是很重要的事。」

〔你打來跟我說也行。〕

「那樣就不刺激了啊，死 Phayu。」Phraphai 笑著說，想到那張他下車找 Warain 前才從車上翻出來皺巴巴的紙張，上面的訊息簡短扼要，簡單說就是……謝啦，藉口。

最重要的是，如果不拿朋友當藉口，那 Phai 就死定了。

〔既然你找到藉口了，最近就不用常來我家露臉了吧！〕

「最近不能去，那要何時去？」

電話另一端沉默了一下。

〔怕你忘了，幫你修整車子的人是我。〕

「我還是掛電話好了。放心，我最近不閒也沒空去你家。掰！」這端的人話一說完，便心情愉悅地掛了好友的電話，他清楚感受到那位優秀技師現在非常想剪斷他的煞車線，畢竟自己這幾周來，每星期都出現在他家好幾次，導致 Phayu 跟 Rain 這對新婚夫夫經常被他打斷親熱的機會。

不然怎麼辦？想要獵愛，當然得先好好蒐集獵物的情

報。

「就算沒得到什麼情報也好。」

別看Warain看起來一臉天真，但他對朋友的事情卻嘴巴緊得很，只有在Phayu想把他踢出家門時才會透露一些，因為他會執拗地坐在原地、一動也不動，直到得到答案為止，通常也就在那時，一些不錯的情報便會從Rain的嘴裡洩漏出來。

於是，Phraphai除了知道Sky是Rain的朋友外，還知道他們是同系、同屆及同主修的同學，因此，當Rain開學，Sky也就開學了；Rain在哪裡上課，Sky也在那裡上課，而現在，除了學系、年齡及屆數外，他還掌握了地址。

既然用電話追求行不通，那常常來露臉給他看也行。

完了！我怎麼會覺得如此有趣呢？

Phaiphai也不懂為什麼，只知道要了還想再要！

一定沒有人跟Sky說過，他們家的人獵豔從未失手過，因此，Phrapai身為三兄妹中的大哥，勢必不能丟臉。

這件事，他不會退讓的。

轉頭看了看宿舍後，意有所指地舔了舔嘴唇的人心想。

「你有什麼要跟我解釋的嗎？」

「耶？」

「不用發出那種可愛的聲音，臭Rain！你把我賣了多少錢？」

一大早，Sky毫不猶豫地來坐等晚點來上課的好友，即便臭Rain刻意趕在教授進教室前沒多久才進來，下課後也逃不開他。因此，當教授一說下課，不等Rain有所行動，個子較高的人便設法抓住了他的衣領，直到小個子的好友轉過來頭來乾笑，並且低著頭盡可能躲開視線。

　　「我沒有把你拿去賣，是Phai哥說你跟他認識。」

　　「認識的人哪會跟你要我的電話號碼？」

　　「Phai哥說賽車那天晚上，是他帶你出來的，然後你把東西忘在他那裡啊。」被逼成這樣，冷靜不了多久的人也開始反駁、強調自己的清白，直到Sky垂下眼睛，想不起來自己把什麼東西忘在那裡。

　　脫掉的衣物後來通通都穿回來了，怎麼可能忘了東西。

　　「你被騙了。」Sky下了結論，但Rain立刻反駁。

　　「那為什麼Phai哥要用你的事情騙我？」

　　連Sky自己都愣住了，只能瞪著那雙盯著他看的渾圓大眼。

　　「我哪知道？」

　　「喂！你不知道的話，我就更不會知道了，所以你到底忘了什麼東西在Phai哥那裡？為什麼他不能叫我拿給你，非要自己還你不可？最近Phai哥三不五時就出現在Phayu哥家，我除了要小心Phayu哥的雙胞胎弟弟時不時冒出來外，還得擔心什麼時候會有人來家門口按門鈴……」

　　「擔心什麼？你是跟Phayu學長做個沒完是不是？」

「死Sky，噓～～～～」

忽然間，小個子滿臉通紅，用讓Sky聳肩的認真嗓音嚷著。

看樣子，問他也問不出所以然來。

「你放心，已經開學了，你只能埋頭苦幹地做作品，沒那個美國時間去跟Phayu學長親熱了。」

「你講那麼大聲幹嘛啦！」

「擔心什麼？全系都知道你把過去的Phayu大神變成男友了。」

就在之前的假期中，Phayu這個以前系上有名的學長來各屆的學弟妹的面前做了一次武力展示，大聲昭告Rain屬於他，直到假期結束時，所有人都知道這位嬌小的友人已經有主了，所以，就算Sky講得再大聲，也不會有人覺得怪。

有的話，也是那一票因迷戀Phayu學長而心碎的人們。

「幹嘛Phayu、Phayu的？是在講小雨學弟成功將過往大神變成老公的事情嗎？」

「夠了。」

就在那個時候，Six這位帥氣的班代也冒了出來，用揶揄的聲音問著。就算已經看到Warain抱著頭，但他似乎仍覺得不夠有趣，聊得越來越大聲。

「你知道嗎？除了Ple的心碎到連醫生都治不了以外，Som哥也落寞得像被丟棄的小狗一樣。說到這件事，你這個奸詐鬼！看你追女生追得要死要活的，結果再次出現時，

居然已經有老公了！哼哼，就連我這種出櫃的Gay都還找不到像你家那個這麼好的，可以告訴我有什麼祕訣嗎？」

Ple是他們同屆的漂亮同學兼Rain先前追過的人，她在聽到Phayu學長的名字時，就立刻提著東西、逃離教室，至於Som哥則是女孩的哥哥，也是同系的學長，他將Phayu學長看得比天神還高。當兩兄妹知道Rain就是追走Phayu學長的人時……眼角抽搐得可兇呢！

這時候的Rain —— Six口中的小雨學弟或奸詐鬼 —— 盯著好友，像是在求救一樣，但這次……。

「別想，你都把我賣了。」

Sky一邊說一邊收東西，然後將包包甩到了背上。

「Six，你要跟我們去吃飯嗎？怕你還想繼續鬧臭Rain。」

「走！正在興頭上呢！」

「死Sky！」

Naphon同學才不管好友是不爽地大聲抗議還是用可憐巴巴的眼神看過來咧！比起隱藏跟Phayu學長交往的事情，他更不爽這次對方將自己賣給了男友的好友。

「Sky，你來得剛好，有人寄放了東西要給你。」

在Sky正要上樓的時候，宿舍房東的女兒Joy姊連忙從大樓另一端的玻璃屋探出頭來叫住他。

Sky換了個方向，從宿舍的入口來到辦公室的門口，站

著等待跑進裡面的人。不久，她就回來了，手上還有……。

「有個帥哥託我把這個給你。」

「蛤？」

Sky瞇著眼，看著那束……向日葵？

不是只有一支，而是一大把為數不少的鮮黃色向日葵，包在咖啡色的包裝紙裡，綁上白色的緞帶。

光看這個包裝就讓人差點不敢伸手去接，Sky只好再次確認。「是要給我的嗎？」

「宿舍裡除了你，沒人叫Sky了。」

「呃，也許是要給住這裡其他人的朋友？」Sky仍猶豫要不要接，即便內心已經浮現了那人的臉。

那拒絕的樣子讓女孩笑了。

「建築系大二的Sky只有你一個，不是嗎？不要告訴我還有別人也叫這個名字。」

「唔……但有人也叫Gai。」

「那個人是說要給Sky，我不會聽錯的。」

這下子，Sky無法逃避了，因為他們系上除了自己之外，還有另一個不同主修的人也叫Gai，但名字含意是天空的Sky只有他一個而已，他只好心驚膽跳地接過花束，像是裡頭隨時有蛇會竄出來咬人一樣。

「送花的人很帥喔，是你的哥哥嗎？」

「呃，可能吧。」

Sky不想再被扒更多料了，於是轉過身，趕緊大步上樓，

然後摸出總是關著靜音的手機，而很明顯的……。

……希望你會喜歡……

手機上的訊息提醒，十分清楚地回答了花束來自於誰。

這回，他猶豫了好一陣子才下定決定。

好吧！

〔我還以為Sky弟封鎖我了呢！真開心～〕

就在Sky撥了取名為「神經病」的號碼，聽到那響一聲就接起來的人的笑聲時，Sky馬上就想掛電話了，但因為沉重的花束抱在手上，讓男孩用平靜的聲音反問：

「哥是送我花的人對嗎？」

〔對的，就是我，喜不喜歡？〕

「送來幹嗎？」

〔送喜歡的人花還需要理由？〕

最好能信啦！

聽的人皺起眉頭，但仍冷靜地繼續問：

「你可以來拿回去嗎？」

〔不要，我沒時間，最近工作很忙，我可是趕工作趕得要死，才好不容易找到時間送花過去的。〕

那幹嘛送？我又沒說想要！

〔你不問一下為什麼是向日葵嗎？〕

Phai哥先開了口，而這端的人當然是……。

「不……」

〔因為天空跟向日葵是一對的。就算我不能成為你的太

陽，但向日葵能幫我提醒你，Phraphai這個人很想跟Sky弟在一起！〕

「……」

沉默。

Sky敢說這是他這輩子聽過最狗血的台詞了，他什麼話也說不出來，只能閉上嘴，聽著滿口胡說的人的輕笑聲。

〔啊！我等下還有會，先掛囉。喔，別忘了將向日葵裝飾在床頭櫃，看著看著就會覺得有我睡在旁邊，像那天晚上一樣。〕

Phraphai心情愉悅地說著，然後有些遺憾地掛上電話。

同時，電話這端的人安靜地站在原地，死盯著向日葵花束，接著大笑出聲。

「呵呵，哈哈哈，瘋了嗎？這個人一定有病吧！哈哈哈。」

誰想得到，有著那樣身材長相的男人會幹這種事？讓他把向日葵放在床頭，然後覺得兩人睡在一起？

「絕不可能！」

帶著諷刺笑容的人再次轉身來到了樓下。很不巧地，天空並不想跟誰配對，如此一來，向日葵就只好去跟垃圾桶玩耍了！

第三章

想要就別害羞

每到周末，倘若不到中午十二點，Phraphai基本上不會醒。因為週五晚上他要不是有賽車比賽，就是會去酒吧找樂子直到三更半夜，然後才回家倒頭大睡。

但今天一切都變了。時間還不到九點，皮膚黝黑的青年便早早起身。與平日不同，他眼神明亮、沒有一絲倦意、嘴角上揚，像是心情極好一樣。

如果Phraphai仍是那種只熱衷於為自己找樂子的人，大概就不會去問另一個男孩的電話號碼了。

這陣子以來，高個子覺得一切都越來越無趣，腦中只想著跟那個清冷男孩共度的火辣夜晚。

昨天既沒有比賽，也沒有約，他也就懶得去過夜生活，直接回家與家人吃飯，接著不到午夜便上床躺平，只因為……醒來之後要去狩獵。

既然那個身材高瘦、目光清冷的紅唇男孩是他現在的樂趣所在，那麼難道他不該趕緊去逗弄他、多刷一點印象分數嗎？若問Phraphai喜不喜歡那男孩，答案當然肯定的，不然也不會願意在他身上花這麼多時間。至於是哪一種喜歡，目前Phraphai暫時沒有答案。

男人只知道他上心了。既然如此，與其獨自煩惱，拚一

把讓對方願意跟他在一起豈不更好？

　　哼著歌、快步走去洗澡的人這樣想著。他將上班日的襯衫、西裝褲換成了牛仔褲及能展現出男子氣概的深色T-shirt，抓了抓剪短的頭髮，望了鏡子一眼後便笑了開來，似乎相當滿意自己的體格跟長相。

　　Phraphai一直都覺得自己很帥。

　　不是他自戀，而是從周遭前仆後繼向自己撲來的男男女女中得到的結論。他或許不像賽車場好友Phayu那樣帥得驚天動地，不過男人有信心，自己健壯的身材與深邃立體的五官決不會輸給任何人。

　　更何況，他的資本雄厚。

　　不只是外表身材而已，家裡從來不愁吃穿、也沒煩惱過金錢，儘管目前的職位不像任職董事長的父親那麼高，但身為長子、繼承人，自然也少不了好處。從國外拿到的學士及碩士學位更替他又鍍了一層金，因此，Phraphai從來就不缺床伴。

　　可卻……引不起那人的一絲興趣。

　　在總用冷漠的眼神看過來的Sky面前，自己引以為傲的容貌似乎一點吸引力也沒有。不過這樣並沒有讓男人失去自信，相反地，反而讓他對Sky更感興趣。

　　之前並非沒人拒絕過他，但從未有人對他投以那種暗藏厭惡的眼神。這讓他更想弄清楚那個男孩在想些什麼。

　　「想知道答案就得去找！」

Phraphai笑了笑，拿起酷炫的安全帽走下樓。

平常沒有約砲的日子，Phraphai大多會選擇回家住，而不是去專門用來做那檔事的小公寓裡。

「哇，Phai哥今天也太早起床了吧！」

「這句話從真正早起的人嘴裡講出來，感覺好像在諷刺一樣。」

剛到樓下，小妹的聲音就從客廳響起，讓Phraphai不得不轉過頭去。

這是Phraiphan，三兄妹裡唯一的女生。

Phan是個面貌姣好、身材高挑，如同雜誌封面模特兒一般的女孩子。與他不同的是，Phan的肌膚白皙無瑕，還留著一頭好打理的烏黑長髮，即使只穿著居家的T-shirt及短褲，卻絲毫無法掩蓋住她的美麗，但誰會知道，這個漂亮女生的習性竟與她哥一樣。

想問是什麼嗎？……就是無論如何都要得手的習性！

這廝呢，在高中的時候吃遍了大半個校園。對了，她念的還是女校！

「Phai哥想太多了啦！是說，你要去哪？嘿！這身打扮，這次是男的還女的？」妹妹雙眼圓睜，像是看穿了什麼一樣，做哥哥的聞言則大笑反問。「那妳咧？最近一副安靜乖巧的樣子。」

「Phan才剛進大一，還不想表現出壞壞的一面。」Phraiphan聳了聳肩。其實呢，是因為她剛成為名牌大學的

學生，才開學沒幾天是要上哪去找女孩子？先適應一下環境，其他日後再說。

「噢!?哥唸大一的時候，可是第一天就得手了呢！」

就在這個時候，有個聲音從背後傳了過來。Phraphai好笑地轉過頭去，看著那個從二樓打著呵欠走下來、還沒完全清醒的人。

「真怪，你居然在開學第一周就回家了。」

「我忘了東西，所以才回家拿。」個子嬌小、面容冶豔的男子回答。他就是三兄妹中，排行老二的弟弟——Phraophleng。

如果說，Phraphai的高大身材及膚色是遺傳自父親，Phraiphan則是從父系遺傳到身高、從母系遺傳到膚色。至於排行居中的這位，無論是嬌小的身材抑或是是乾淨無瑕的臉蛋，都是他們母親的翻版；再加上一頭紅棕色的頭髮，更是散發著誘人的氣息；天生的好膚質，外加精心的保養，讓這傢伙的皮膚幾乎快要能在黑暗中發光了。以上種種，都讓這個排行老二的弟弟……比他家老么還要漂亮。

從Phraiphan的外表，也許還看不出她喜歡女生，但Phraophleng則是一眼就能看出是天生的Gay，而且他也絲毫沒掩飾過自身的「渴望」。

身為大哥的他，座右銘是「想要就別害羞。」——如果想要，就沒什麼好害羞了。至於Phleng這傢伙，說得更明白一點是「只要開心，沒什麼不可以。」所以，對於這個正

在名校念大三的弟弟來說，從上大學的第一天就開始狩獵也沒什麼好奇怪的。

Phraphai、Phraophleng 跟 Phraiphan，他們三兄妹的習性完全一模一樣！

「現在能回家，表示沒有中意的對象是吧？」Phan 開著玩笑，這讓愛睏的人瞪大了眼睛。

「有！只是他不要你哥。」

Phleng 朝著妹妹鼓起臉頰後，才轉過來看向大哥。

「那 Phai 哥呢？一大早就醒了，所以這回是女生還是男生？」

既然 Phraophleng 沒有掩飾自己喜歡的是男生，Phraiphan 也沒有隱藏自己對女性的偏好，他同樣也不會遮掩自己男女通吃的事情，於是 Phraphai 笑著輕揉弟弟的頭，然後才大方直說：

「男生。」

「有比 Phleng 還更可愛嗎？」弟弟好奇地問，直到 Phraphai 搖了搖頭。

「難講，畢竟我從來不覺得你可愛。」

「喂！有像我一樣宇宙可愛的弟弟，居然還說這種話！」他瞪大了眼睛。

「哇！我哥對自己的長相太有自信了吧？」妹妹湊了進來。

「難道妳不覺得自己長得好看？」

「我又沒這麼說。」Phan笑著說，眼裡閃爍的自信一點也不輸給兩位哥哥。

看著弟妹一副不打斷他們，就會吵個沒完的樣子，讓Phraphai不禁發笑。「他其實不算特別引人注目的類型，但越看越可愛。眼神亮亮的、嘴巴扁扁的，又整天板著一張臉。當他看著你哥的時候，最可愛了！」

一想起那對平靜無波的黑色眼睛、那雙他知道嘗起來有多甜卻總說對他不感興趣的紅唇，以及不動聲色的表情，都讓他情難自抑。

今天那人還會不會露出可愛的表情呢？

「Phai哥，你真的有病耶！」Phan下了結論。

「哪裡比得上你們！」

「我們這可是跟你學的。」Phleng反駁。

男人一聽到這話就大笑起來。他很清楚兩個弟妹是自己手把手幫忙帶大的，所以兩人的習性跟他一樣，也不是什麼奇怪的事。甚至連媽媽有時也會抱怨這點。

在懶得聊下去、準備轉身離開家之前，他突然想起：

「Phleng。」

「嗯？」坐在沙發上、窩在妹妹肩頭的人挑了一下眉。

「Phleng弟。」Phraphai換了一個方式叫，讓對方睜大了眼睛。

「幹嘛突然這樣叫？」Phraophleng盯著他。

「會害羞？」身為哥哥的人也不管，繼續問。

「Phai哥的話，不會。但如果是別人這樣叫……」Phleng翹起嘴角，眼睛閃閃發亮，清楚地回答。「……超喜歡的！」

接著又補充：

「對了，如果是個長得帥、身材好、技術佳，舉手投足都很撩人的人這樣叫，那我一定會全身發軟。」

「嗯哼，謝囉。」

Phraphai點點頭，接著抬起手揮一揮當作告別，英俊的臉上勾起了一個大大的笑容，眼裡閃爍著光芒。

若自家弟弟沒開玩笑，那他應該也能讓那男孩全身發軟才對。

這可不是自戀，不過長得帥、身材好、技術佳、舉手投足都很撩人……他每一點都符合。

哼哼！這話如果說給Sky聽，一定會被他白眼，真想看他嫌棄的樣子啊！

心情極佳的人一邊這樣想，一邊從車庫取出親愛的重機，接著馬上騎往目的地。

沒有多久，這台從義大利訂製、價值超過兩百萬泰銖的重型機車就騎進來、停在中型大學生宿舍的樓下，引得居民紛紛轉過來、好奇地觀望。

Phraphai脫去安全帽、送了一個友善的微笑，讓不少女生都露出了害羞的表情，不過男人今天沒有對哪位女孩下手

的心思，他的目的只有一個。但在那之前，他得先去一個地方。

　　這幾天Phraphai仍舊想從Warain的嘴裡試探出房號，但最近每次打電話過去，不是被Phayu那混蛋接到，就是被Rain掛電話，只有最後一次，Rain接了電話並表示不會透露任何跟好友有關的事情，因為不想讓好友生氣。

　　雖然從熟人身上問不到情報，但他也不怕，畢竟路不轉人轉。因此他沒有打電話給房間的主人（然後被趕回家），而是抓著安全帽及買來的東西，轉往被房東拿來當小小辦公室的玻璃屋。

　　「您好。」

　　儘管Phraphai銳利的目光在大老遠就看見了某些東西，可他仍舊帶著友善的笑容、毫不猶豫地推門進去。

　　於此同時，年紀約在三十出頭的女人嚇得站了起來，瞪大眼睛、轉頭看了看他，然後才猛然轉去看Phraphai正盯著的東西。

　　「呃，不是我偷偷將弟弟的花拿來擺的喔，那是……」

　　「Sky丟掉的，對不對？」

　　「啊，那是……對。」說的人一臉為難，不過最後還是承認了。

　　此時，Phraphai看著那束漂亮的向日葵，想著自己在忙碌的工作日裡親自訂購了那束花、親自去取，還親自拿來託對方轉交，不過它卻沒能裝飾在收件者的床頭，而是這樣靜

靜地被擺在房東的花瓶裡，但……他沒有生氣。

反而在努力憋笑！

原本以為已經被丟進垃圾桶了，沒想到還在！

可男人一言不發的樣子，卻讓別人誤會了。

「Sky沒有丟掉喔。」

「嗯？」

Phraphai轉頭看著她，露出可憐兮兮的眼神，看上去十分令人同情。光是這樣，就使對方更加說不出話來。

男人再次相信，自己這張臉不會輸給任何人。

「就Sky不讓我說，但我心裡不安啊，怕你會以為Sky把花丟了、認為他不是個好孩子，所以我還是講出來好了。」看著帥氣男人一臉傷心的樣子，房東沒幾秒就心軟到不行。任何曾答應過另個男孩的事情，在那一刻便通通從心中飛走了。

「不會的，我絕不會覺得Sky不好。我只是……難過。」Phraphai添了一把柴火，低下頭讓自己看起來更悲傷。光是這樣，聽的人就上鉤了。

「唉呦！不要難過啦，Sky真的沒有丟掉，他只是拿來給我，然後說自己房裡沒地方擺，丟了又覺得花很可憐，還是拿來擺在這裡欣賞比較好。不過，我也不懂為什麼他會跟我說，如果你再來的話，要告訴你：Sky把花丟掉了，是我覺得可惜才拿來擺的……其實Sky並不想丟掉你的花喔！」房東大姐一口氣講完，結果Phraphai反倒把頭偏得更遠了。

「你還好吧？」

帥氣男人的肩膀是真的在顫抖沒錯，但完全不是面前女性所以為的傷心，而是……憋笑到快內傷了。

誰會覺得Sky是壞孩子？就算他那麼討厭我，還是想方設法保護可憐的花朵，這孩子太好了吧！

男人能想像那個畫面。就當Sky要將花束丟進垃圾桶的時候，那個常擺出冷臉的男孩動搖了，最後找了地方給這些漂亮的小向日葵住，而且看樣子這個地點選得滿好的，幾天過去了，花朵依舊十分鮮豔。

真有趣啊！在床上那麼火辣，下了床卻相對冷漠，有時又心軟，還有什麼嗎？

「我沒事，再次謝謝大姐上次的幫忙！對了，這是一點小禮物，謝謝妳照顧這些可憐的花。」在被抓到不是真的難過之前，Phraphai趕緊調整了表情，然後拿出半路上買來的點心。

「不好意思啦！」

「但我更不好意思，拿去吧！」

對方猶豫了一下，不過最後還是拿了。

「對了！還沒來得及自我介紹，我叫Phai。大姐妳是……」

「Joy，叫我Joy姐就好，整間宿舍的孩子都是那樣叫的。呃，我可以問嗎？你跟Sky是……」說話的人用手畫著圈、代替問題，大個子臉色遲疑了一下，但最後還是用手抓

抓頭、耳朵紅紅的，乾笑著輕聲回答。

「妳別告訴別人……我在追 Sky。」

「嗯？」

Joy 姐立刻睜大了眼睛，但卻沒有嫌惡的感覺。現代的
Gay 那麼多，像她這種經營宿舍的人沒見過才奇怪。對方直
接坦白，至少比迂迂迴迴好多了，這樣要做什麼才方便，而
且他保證，雖然千叮嚀、萬交代說不要跟別人說……不過
最後絕對會傳遍整棟大樓。

除此之外……。

「如果下次還要轉交什麼東西給 Sky，可以跟我說唷，
我非常樂意幫忙！」女人熱情地開口，而 Phraphai 則給了一
個真心且欣慰的笑容。

「真的很感謝姐姐。」

女人都愛八卦……喔！是想知道別人的愛情故事。因
此 Phraphai 絕對可以收買其中一個，而且還是非常了解 Sky
動態的那個。如此一來，那個男孩又怎麼可能逃得出他的手
掌心？

趁著 Joy 沒看見的時候，帥氣男子露出了狡猾的笑容。

為達目的，Phai 向來是不擇手段的。哼哼！

等到 Naphon 同學清醒過來的時候，時刻已接近中午，
這對建築系的學生來說還算早，不過那是因為現在才大二開
學的第一周，為數眾多到讓人無法吃飯睡覺的功課尚未來

襲，所以在後續將不成人形的數個月之前，Sky努力過著平常人的生活，而喚醒他的，是讓肚子咕嚕咕嚕叫的飢餓感。

昨晚等到放大一回家時，已經很晚了，他自己還要繼續跟學長姐開會。此外，大五的Som學長——那個該把時間拿去準備專題、不應該跟新生訓練有任何關連的人——卻跑下來罵大四生發洩，搞得大家都頭痛，但也只有幾個人猜得出來，到底發生了什麼事情。

Som學長從Phayu學長那裡失戀，卻發洩在他們身上是怎樣？

「好凶喔，是不是最近糖吃太多了？臭Rain，你跟你男友在IG上少灑一點糖嘛，Som學長都快要吃人啦！」

Six那樣說，而Sky雖然沒說什麼，但心裡也有一樣的想法。

最後，等到好不容易回到房間時都快午夜了，而且Sky相當清楚，自己不是做事很快的人，所以他選擇坐下來、處理掉一些這周的作品。等到頭沾上枕頭的時候天也快亮。也就是說，他已有十二小時未曾進食了。

「好餓！」

再加上一打開冰箱，發現裡頭空到只能嘆氣，才開學第一周就忙到沒時間幫冰箱補貨，不難思考期末會是何種光景。

於是Sky進浴室刷牙洗臉後，抓著錢包跟鑰匙走出房間。

沒洗澡這件事很平常，先找些東西吃，之後再回來洗也行。

可誰想得到，他才剛走出門口，就遇到……。

「早安啊，Sky弟！」

居然有個瘋子站在那裡等！

咻！

Sky見狀立刻轉身準備上樓回房，但卻比不上大個子撲過來、抓住手臂的速度快。

「哪來這麼壞心的人？一見面就想逃走。」

如果該死的拉胡哥好好說話可能還不會怎樣，但他的聲音大到整間宿舍都聽見了，幾個鄰居都用好奇的眼神瞄了過來，不只如此，Joy姐甚至從辦公室裡探頭出來，然後熱情地喊。「Sky，他從十點就來等你了，不要對他太壞喔！」

Naphon倒是很想當個壞人，不過一看到Joy姐責備的眼神，以及那個緊抓著他手臂的人臉上的笑容，也只能嘆氣。

「哥有什麼事？」

一看到Sky轉身，Joy就笑了出來，表情促狹。沒多久便回到了辦公室。

見狀，男孩很想大嘆一口氣，看樣子他大概被賣了。

帥的人就是比較吃香，就算是黑帥哥也一樣！

「嘿！看到我的臉就嘆氣，很壞心欸！」另一方面，拉胡哥仍笑笑地嘲諷著，讓他只想甩開手逃跑。

「對，我很壞心，可以放開了沒？」Sky不想繼續拖下去，直接打斷他，但光這樣對Phraphai並不起作用。

「不可以，我還沒講完。」

「那說吧，快點說！我還有事。」說話的人試圖從桎梏中將手抽回，但大個子也抓得很緊。如果是Warain的話應該會繼續掙扎，但對Sky來說，既然抽不回來那就算了。光看眼神也知道，對方現在覺得捉弄他很有趣。

「Sky弟把我送的花拿去丟了？」

「嗯。」

「你真壞！」

「嗯，很壞。」

「不可憐一下眼睛黑黑^(註)的帥哥？」

「不要，而且哥的眼睛不是黑色的，是棕色。」原本不想回嘴的Sky，看到對方儘管一臉可憐兮兮，眼裡卻閃著光，還用拇指狂蹭自己手臂時就有點火。

「就連我眼睛是什麼顏色你都知道。真的對我不感興趣？」

Sky冷笑得更厲害了。

「哥是不是忘了自己正站在我面前？大概只有瞎子看不出來吧！」原本想罵對方蠢，但再怎麼說，他也是Phayu學長的朋友。基於多一事不如少一事的信念，Sky只用眼神

（譯註：泰國會用黑黑的眼睛去形容可憐、無辜，有點像中文講狗狗眼的意思。）

表達了不滿，而這讓拉胡哥大笑出聲。

「但我還不知道Sky弟的眼睛是什麼顏色的。來，讓我看一下！」

「喂！」

溫暖的手掌覆上了白淨的臉頰。Sky頭一撇，直覺想要逃開，但又怎麼可能躲得過？他一躲，Phraphai就跟上，即便轉過去、伸長脖子，也閃不掉那撫著自己臉頰的手。

男人甚至厚著臉皮，逼迫自己轉過來和他四眼相對。

「給哥看看。」

低沉的嗓音近在咫尺，而Sky卻只是一臉平靜地回望那雙琥珀色的眼睛。

「咦？我居然看不出來Sky的眼睛是什麼顏色，看樣子我大概是瞎了！」

Sky依舊保持沉默，只聽Phraphai接著道。「因為愛情讓我盲目。」

男孩僵硬地站著，不敢相信自己聽到了什麼。是啦，這種無賴的男人示愛時多半不會感到羞恥，問題這裡是人來人往的宿舍樓下，而且還有一堆人正好奇地往這裡探頭探腦耶！

「哥好愛Sky。」

那一秒，某人的身影突然和眼前的男人重疊，讓本該紅通通的臉頰迅速轉為蒼白。

「Sky弟？」這一切都逃不過偽盲人的眼睛。

砰！

咔！

但就在此時，Sky聽見辦公室玻璃門砰地關上所發出的聲響。他連忙望過去，卻只看到Joy姐一閃而過的背影。

對方正在偷聽。發現這件事的Sky瞬間收拾好情緒，回頭射向Phraphai的視線也變得冷漠。

「想說的事都講完了吧？」

「你還好嗎？」

「……」

自己居然不經意洩漏了情緒，讓這人逮個正著。

要瘋了，他總是平靜的心，因為對方沒了戲謔、只剩下擔憂的嗓音多跳了好幾拍，還有那雙比原先認真許多的眼睛，都讓Sky想將對方的手甩開。

「不好，如果你還是不願意放手讓我去買飯的話。」

話音才落，握住Sky手臂的掌心就又更緊了些，讓男孩再次抬起頭。

「……」

「……」

Sky發現對方正在審視自己的臉，像是要找到什麼蛛絲馬跡似的。沒多久，男人便露出笑容，眼睛也再次亮了起來，隨後便強硬抓過自己的手，放在他的腹肌上。

「你還沒吃？真巧，我也還沒。有沒有聽到我肚子的叫聲？它在喊要跟Sky弟一起吃飯。」

「我只有聽到咕嚕咕嚕的聲音。」男孩反駁，混亂的心緒讓他難以掩飾惱怒的語氣。而大個子的男人也回嘴。「表示你聽到了。那就一起去吃飯吧！」

Phraphai開始出力，將Sky拖往自己的方向。Sky只得皺著一張臉，無奈地嘀咕道。「真厚！」

「對，我的手很厚。」

「我是說你的臉皮厚！」男孩吼了出來。

走在前面的人轉過頭，笑得很愉悅。「不光是臉皮，我的胸也很厚，想不想躺躺看？」語畢便抓著男孩的手，按在自己寬闊的胸膛上。

Sky像是被燙到一樣，連忙將手抽回。畢竟這裡是他宿舍前的巷子中央，可不是什麼密閉空間。尖牙無意識地用力咬住下唇，給了對方一個不悅的眼神。但大個子的男人仍繼續道：「我非常推薦！躺過的人都說好，想一躺再躺。」

拉胡哥挑著眉，眨了眨單邊眼睛。那副對自己相當有信心的樣子，讓Sky緊咬著唇，感覺既好氣又好笑。

不過多虧如此，原本浮動的心緒反而平靜了下來。真不知道對這種人心軟讓步是對還是不對，可他仍然給了一個冷漠的眼神作為回答。

「沒人說過哥的臉皮很厚嗎？」

「要不要捏捏看？這樣才會知道是不是真的厚。」男人把臉湊了上來，甚至鼓起單邊的臉頰，看起來十分頑皮帥氣。

而 Sky 則整整盯著那張帥臉一分鐘，接著才轉過身，加速往巷子口走去。

　　如果他再繼續接話……等到吃到飯，太陽都要下山了啦！

　　不過，那柔和的聲音依舊縈繞在耳畔……。

　　「是是是，Phai 哥我是厚臉皮的人。但你有沒有聽過『想要就別害羞』這句話？如果想要把 Sky 弟擁入懷裡，我幹嘛要害臊？」

　　聞言，Sky 更加加快腳步、走向巷子口，丟下大個子悠哉地跟在後面，眼裡滿是欣喜。

　　儘管仍在意男孩鬱鬱寡歡的神情，但他現在更在意對方的紅唇。

　　雖然今天只讓他抽了抽嘴角而已，不過 Phraphai 相信，下次一定會讓他笑出來！等著瞧！

♟♟ 第四章

不擇手段

　　Naphon所住的地方周邊幾乎全是大學宿舍，自成一個宿舍區。為了方便居住於此的大學生，附近有許多店家，無論是酒吧、網咖，還是賣食物的地方，從賣烤豬肉的推車攤子到裝著冷氣的餐廳應有盡有。因此男孩一開始的目標是巷口的熱炒店，而非氣氛好燈光佳、適合久坐的咖啡廳。

　　一冷靜下來，Sky就想起自己還沒有洗澡！

　　Sky對自己的外表並不在意，反正他都習慣身邊那群不愛乾淨的朋友了，就連女生也是差不多的德行。但當他不得不坐下來，與五官立體深邃、膚色古銅健康的帥哥大眼瞪小眼時，對方身上飄來的淡淡男性運動香水味，還是讓他有些不自在。

　　至於為什麼自己會坐在這裡吸冰沙……當然是被拉來的啊！

　　就在Sky想要拐進熱炒店時，手臂便被溫熱的手掌抓住。接著就被扯進這間店、推著肩膀坐下、連菜單都被硬塞到了手裡。

　　儘管他一再抗議，男人都只一笑置之。最後Sky不得不順對方的意乖乖就範。

　　他到底想要什麼？

Sky用手托著臉，看向店外，選擇把Phraphai當空氣。雖然……他正努力用手爬梳著凌亂不成形的頭髮。

「……」

「……」

不過這次有點奇怪，總是喜歡鬧騰的男人如今卻一語不發。整張桌子被靜默的氣氛所籠罩，讓Sky開始有點坐不住。

光是沉默的話倒還好，但不說話又盯著自己猛瞧是怎樣？

男孩不悅地將目光從窗外移回對面的人身上，發現男人正雙手抱胸、舒服地靠著椅背，銳利的雙眸直勾勾地注視著自己。

兩人眼神一交會，男人的嘴角便揚起了優美的弧度，將那張俊臉襯托得好看上數倍。

他們盯著彼此將近一分鐘，像是誰先說話就輸了，而Sky從來就不是個怕輸的人。「我沒什麼好看的。」

「誰說沒有？可看的地方多的是。」男人的目光落在自己的雙唇上，緩緩開口。「眼睛漂亮、鼻子可愛、臉頰又令人想捏，更不用說好看的嘴……」他將臉湊近，悄聲低語，目光像是想起前一次情事似地興奮得發亮。「……也甜得動人。」

那雙眼意有所指地看了過來，同時鞋尖也從桌子底下伸過來碰觸自己的腳。Sky縮起腿、直視對方，淡淡地開口。「沒事了，對吧？」

拉胡哥似乎愣了一下，大概是沒想到自己對那些讚美無動於衷，但沒一會兒，對面的人就無來由地開始大笑。

接著又喊他的名字：「Sky。」

「又怎麼了？」Sky無奈地反問。

「Sky弟。」

這一次，Sky皺起了眉頭，因為對方的聲音非常地……甜蜜。

「Sky底迪～～」

柔和的嗓音再次從大個子的口中響起，不只這樣，原先抱胸的手也移過來碰觸Sky擺在桌上的手，指尖愛憐地輕撫著他的手背，向來銳利的雙眸，如今卻滿溢著溫柔。

Phraphai用充滿愛意的聲音又一次開口。「Sky底迪知道嗎？你真的好可愛喔……」多加點語助詞，聽起來感覺或許會更俏皮一點。但男孩卻依舊保持沉默，然後……。

啾！

媽的，居然把手抽走了！

如果對象不是Sky，以Phraphai的魅力，隨便哪個人被他撩上這麼一下，大概早就害臊得滿臉通紅了。

不過Sky卻只是抿嘴忍住情緒，將手抽回來放在大腿上，移開目光望向店外。

管他誰會害羞，但絕對不會是自己！

「什麼？你不覺得害羞？」Phraphai用遺憾的嗓音說。

「如果你只是想讓人害羞的話，去找別人玩如何？」

別說臉紅，Sky甚至想趕人了。沒想到男人聽了卻大笑出聲。「不要，我只想跟Sky弟一個人玩。」

坦白說，Sky真心希望對方不要用「弟」稱呼自己，做作死了。若是平時沉默寡言的人——例如Phayu學長——這樣叫他，他或許還會偷偷害臊一下，不過如果是這種用盡心思，只為了將人拉上床的花心大蘿蔔，就算喊「親愛的」自己也不會有感覺。更何況，Sky對男人有超高的免疫力。

「可不可以？」就算你瞇著眼睛看過來也一樣！

「我就直說吧，你不必口是心非地誇我可愛。如果你喜歡可愛的人，以你的條件，比我好的你要多少有多少。拜託別來煩我。」Sky還是那句老話，無論大個子想幹嘛，最好都別跟他扯上關係。

「那我也直說了，我從沒見過比你更可愛的人。」

「你不用口是……」

「我沒有。」Sky話還沒說完，柔和的聲音便打斷了他。

高個子倏地逼近，臉上揚起魅惑的笑容。「我喜歡Sky一頭亂髮、像是剛睡醒的樣子。」

暫時忘記自己狀態的人愣了一下，然後下意識地抬起手、碰了碰自己的髮尾。

「睡眼惺忪時很可愛，癟嘴的樣子更好看，就連穿著荷葉邊的T-shirt時也可愛得要死。」男人的目光往下方Sky快要破掉的睡衣移動，直到聽的人兩頰慢慢燒了起來。

然後越來越燙，直到Phraphai把接下來的話講完。

「我才剛跟舉止如此『自然』的人約會呢！」

男孩發誓，他的感覺是羞恥而不是害羞！

不是因為「約會」兩個字讓紅雲逐漸爬上他的臉頰，而是Phraphai正吐出他用非常邋遢的狀態跟曾經睡過的男人出來吃飯的事實，這讓向來鎮定的人不開心地低下頭，只想回宿舍趕快洗澡。

「別擔心，我喜歡你這身打扮……薄得真不錯。」

Sky不得不用盡所有力氣、阻止自己將手抬起來抱住胸口，因為就算不抬頭，他也感受得到對方的視線停在哪裡，就是……他的胸部。

幸好服務生此時剛好來送餐點，男孩於是努力將注意力拉回咕嚕咕嚕叫的肚子，趕走想要回宿舍換衣服的念頭。反正都是男生，乳頭凸起什麼的就隨便啦！但他忘了，面前的這個人是死咬不放的那種類型……。

「Sky的胸部真可愛！」

Naphon不是容易生氣的人，但他這次用力踢了對方的小腿骨，甚至還生氣地瞪著正假裝唉呦唉呦叫的對方，結果裝得太假的人卻笑得比原先更開，用憋著笑的聲音，比任何一次都真誠地說。「就是這個，我想看到的表情！」

「有病！」

「對啦，要說我有病也可以，但Sky生氣的時候真的很可愛。」

Sky聞言，只默不作聲地拿起湯匙，將蝦仁炒飯送進嘴

裡，藉此隱藏突然湧上的情緒。

那是聽到有人說他自然的樣貌很好看時，隨之而生的羞怯感。

「耳朵好紅。」

沒想到自己的變化依舊沒能逃過男人的眼睛。

他抬起頭，隨即對上一雙閃亮亮、看上去心情極佳的眼睛，但沒一會就連忙避開。

「真的好可愛！」

Sky覺得他不小心睡了一個超級瘋子，一個會讓他這種硬心腸的人臉上火燙燙的瘋子！

雖然Phraphai成功讓鐵石心腸的人臉紅了一次，不過接下來的整頓飯，這孩子便再也沒說過一句話，一吃完就將錢放到桌上，起身跨步離開店裡，讓Phraphai差點沒跟上。

要說是被拋下也行，但男人才不會因此退縮，相反的，他更按捺不住自己的喜愛之情了。

越有挑戰性就越有價值。

想征服對方的欲望被挑撥得越來越強烈。

「Sky弟，Sky底迪……嗯～～Sky底迪是耳朵聽不見了嗎？」

直到他們再次走回宿舍樓下，一直走在前頭的人終於轉過頭來，漆黑的雙眸裡透出的堅決，讓原本心情愉悅的人頓時一愣，在男孩開口前，就知道對方打算要講什麼了。

「不要浪費時間在我身上。」

「我一點都不覺得這是浪費時間。」Phraphai真誠地說。他或許是花了一個假日，只為了來堵這個小孩、見上一面，並且費盡心思才讓對方臉紅了一次，不過男人並不覺得空虛，反而還覺得這樣逗著對方玩很有趣，可對方似乎並不這樣想。

那小孩正抱著胸口，然後用毫無起伏的聲音說。「我不知道你為什麼對我這麼念念不忘，但如果是想找炮友，那麼你來錯地方了。」

他的確是對男孩在床上的樣子念念不忘沒錯，這幾個月來，Phraphai仍記得那個在自己身下呻吟的人表情有多迷人，光想起來下半身都還激動不已。

不過或許是臉色表現得太明顯了，只聽Sky堅決地開口。「那一晚我會跟你上床，是因為有其必要性，我不會再跟你睡第二次。」

「真是壞孩子，得手之後就不要了。」儘管對方看起來十分認真，Phraphai還是忍不住想逗他玩，可看起來男孩並不在意。

「不管你來幾次，我都還是那句老話，忘掉那晚發生的事情吧。我知道你能找到很多比我更優秀的人，不要浪費時間在我身上。」

Phraphai不否認自己的確能找到更可愛、個性也不知道討喜上幾倍的人。但他卻對男孩所講的話有說不出的在意，

更重要的是，他……一點也不想找別人。如果別人也行的話，那他就不會興致缺缺好幾個月了。

可愛的人多的是，他身邊也不缺長得好看的人，不過「在意」的人可不是每天都能遇見的。

「如果我說，我想要的就只有Sky呢？」男子試探著，然後得到一個冷漠的眼神作為回答。

「不可能。」

這麼明確的拒絕，換成其他人的話大概就退縮了，但這個男人卻不會。

鐵石心腸的人好有魅力！

「如果你覺得我的拒絕很特別，那麼相信一定有更多愛擺架子的人能激起你的征服欲。去找別人吧！別來打擾我，我沒空陪你玩。」

而且還是能看穿一切的鐵石心腸BOY。

曾經Phraphai也認為，男孩擺架子是為了引起他的興趣。但一看到那寫滿抗拒的雙眸，再加上那豎起防備，完全不給人機會侵入領域的防禦姿態，他就確定這小孩是真的對自己沒意思。

對，是有一點沒面子，但更多的是在意。

於是，總是萬花叢中過，片葉不沾身的花花公子問了這句話。

「如果我是認真的呢？」

「……」

Phraphai看著對方的眼睛，然後把話講得更清楚。

「如果我想要的，不只是炮友？」

說實話，他到現在都還無法確定自己真正的心意，會問出口也不過是順勢而已。

而男孩聽到後，既沒有滿臉通紅地抬起頭看他，也沒有咬住嘴唇、強忍羞怯的意思。只冷冷地掃視自己一眼，硬聲道。

「不可能。」

Sky沉默了一下，接著開口。

「像你這種人，絕不會對誰認真。你只是覺得我不跟你玩這件事很有趣，不過如此罷了。」

喀！

Phraphai又一次愣住了，不是因為面前的男孩揭露了自己的黑暗面，而是因為他清楚，自己活到這麼大，一直以來的確從未對誰認真過。

可男孩臉上一閃而過的受傷神情，卻讓他莫名地著迷。

以Sky的個性，他受傷的理由大概率不會是自己，重點應該是這兩個字……玩玩。

細想起來，這小孩說過好幾次「玩玩而已」這種話。

突然間，大個子腦中閃過了一個想法 —— 他如果不遊戲人間了呢？

「那如果我說……」但在Phraphai把心裡話說出口之前，對方寫滿驚懼的烏黑雙眸，讓他將所有的話都吞回了肚

子裡。

這小孩明顯不想聽下去了，大個子於是話鋒一轉。

「嘿！這麼懂我的心，要不要試著住在我心裡啊？」

Phraphai開著玩笑，刻意將嚴肅的氣氛再次轉換成輕鬆的氛圍。

男孩感覺鎮定了下來，眼裡的驚懼也淡去了不少，取而代之的是無奈，像是在說大人真是無法溝通似的。

「要我說，與其要我去住在你心裡，你才應該去找醫生啦！都講幾次了，還是沒聽進去。」

「那你試著來我耳邊說悄悄話啊？說不定會聽得更清楚一點。」Phraphai一臉興奮地將臉靠了過去，但得到的答案是——冷漠的眼神。

「我想我的話都說完了，而且我也沒時間讓你繼續逗著玩。」語畢，小孩便轉過身、迅速地走進宿舍，將帥氣男子丟在原地。

這次Phraphai沒有像往常一樣追上去，這可不是因為他放棄了，就像對方希望的那樣。實際上，正好完全相反！

男孩的抗拒，讓他更加著迷了。

一開始，他就猜到對方應該不好追。但反正睡也睡過了，更何況那人明顯經驗豐富，自己那晚應該也有讓Sky爽到，照理來說不過就是得多花點時間而已。

可過去幾天的經歷告訴Phraphai，對方完全沒把自己當一回事，而且不是只針對自己一個人。那種姿態，彷彿像在

宣示他「誰也不要」。

　　連對自己這種萬裡挑一的帥哥都不感興趣，這事值得思量。

　　儘管自尊受傷了，但要他退縮，門都沒有。

　　這次的資訊太少了點。高大的身影想了想，便轉身往Joy姐的辦公室走去，拿了寄放的安全帽後打電話給好友。

　　「死Phayu，Rain有沒有跟你在一起？」

　　〔怎樣？〕

　　一聽到那不悅的冷硬嗓音，Phayu就懂了。

　　「OK，那我去找你。」Phraphai立刻掛掉電話，無視對方不讓他去拜訪的拒絕，隨即跨上心愛的重機，加速前往目的地。

　　Sky不曾跟Rain說過兩人之間的事，可不代表自己不能主動告知。

　　Phraphai說過，他這人做事向來不擇手段。更何況現在的他，也開始想真正征服Sky的心，不僅僅侷限於肉體關係而已。

　　他有多久沒這麼興奮過了？上次大概是第一次騎上重機的時候，看來Sky跟他親愛的兒子同等重要呢。

　　Sky在毫不留情地拒絕Phraphai後，便沒再理會對方，只把時間通通花在修改教授布置的功課上。也因此他十分不解，為什麼好友在一早的課堂上，會一直死盯著他看。

等到教授說下課之後，對方甚至走過來堵人，直接切入主題。「你為什麼沒跟我說Phai哥在追你？」

Sky皺著一張臉，不意外好友是從誰那裡得知這件事的。他不想告訴Rain的意思表現得應該夠明顯了才對，可是，該死的拉胡哥還是說出去了。

「你又沒問。」

「不是你不想跟我講嗎？」

臭Rain本來就是個想知道什麼就一定要知道的人，當他緊咬不放的時候，自己也只能嘆氣。

「我沒說，是因為我不喜歡他，那我又何必講？」Sky承認。

「包括你原本就喜歡男生的事情？」

這次，Naphon明顯地沉默了，因為他真的不曾跟好友透露過性向。

「那很重要嗎？」他反問，讓小個子好友頓了一下，起初找碴的姿態立刻放軟了，但他依舊反駁。「不是重不重要的問題，我跟你當了一年多的朋友耶！再怎麼樣，當我告訴你我跟Phayu哥在一起的時候，你就應該跟我說你也是那樣了吧？我擔心到快死掉了！」臭Rain的嗓音委屈巴巴到讓聽的人不禁搖頭。

「不管你是那樣還怎樣，我都是你的朋友。我說過了，我不是你媽，不管你跟誰在一起，我都可以接受。至於我不講，是因為我覺得那不重要。好啦，我不會去騷擾你家

Phayu哥的。」Sky最後笑著強調，讓好友馬上嚷嚷了起來。

「我才不覺得你會背叛我咧！我知道你是怎樣的人，就只是……你沒跟我說啊。」

看樣子，臭Rain八成會煩到自己低頭為止。

「如果我有交往對象，一定會告訴你，但我就沒有啊！難道要我走過去跟你說：『欸Rain，我是Gay。』這樣嗎？你會傻眼到爆吧？」

Rain垂下眼睛，像是在思考要不要相信似的。片刻後他點了點頭，然後跳過來坐到旁邊。

「說實話，你真的對Phai哥沒意思？他人那麼好，說話又風趣，雖然沒我家Phayu哥帥啦。」順便不忘炫耀自家老公。

但Sky只是聳聳肩、站起身，背上包包後回了兩個字。「沒有！」

「真是沒血沒淚，Phai哥喜歡你耶！嗯哼～～Phai哥跟Ky弟，連名字都好配！」

不知道臭Rain得到多少好處，才會這麼熱心地想把自己跟男友的好友湊一對。Sky只好回了句，「要是這樣講，那你家Phayu哥才跟Phai哥是絕配吧？名字的意思一樣，而且還很像，完全沒有臭Rain的立足之地呢！」他一反駁，對方就愣住了，或許還想到那兩個人在一起的畫面，然後……要死了！那個畫面連他都覺得驚恐，更不要說Rain這個更瞭解Phayu的人了。

「那樣的話，誰會在上面啊？唉唷！你不要轉移話題！Phayu哥是我的！」

「是你先提的。還有，如果Phai哥有讓你來試探我，那我告訴你，我沒興趣！」Sky說得堅決，同時閃過好友，走出教室，不過……。

「還是說，你是忘不了前任？」

嚇！

正要走出教室的人頓住腳步，停了下來。幸好他現在背對著Rain，對方才沒看見他瞬間發白的臉色。

Sky只跟好友提過一次前任，就是幫對方找出Phayu學長的賽車地點那次，但好友卻還記得，讓他只能苦笑。儘管他一點都不想談這件事，可臭Rain卻像毫無所覺似地繼續說道。「這麼說來，你的前任也是男生吧？記得還是賽車場的成員之一。Phayu哥認識嗎？」

個子較高的人轉過來，瞪了自己滿臉好奇的嬌小好友一眼。「如果你還想跟我當朋友的話，就不准再提起那個爛人！」

「呃……」

「懂了沒？」

點頭！

Sky不曾將自己的情緒發洩在朋友身上，但這次態度卻極其強硬。連忙瘋狂點頭的Rain看起來明顯被嚇到了，不過他也沒心情安撫對方，只顧著大步往食堂的方向走，不在

乎友人是否有跟上來，或者有沒有打電話跟誰報告。總之，他現在完全不想聽到任何有關前任的字。

混帳！讓他想起那些舊事幹嘛啦！

因為有拉胡哥的事來煩，他才忘光了前任的事，可朋友一提，舊時回憶就又突然回籠，讓他忍不住發火。

滿腔的憤怒，通通指向了另一個拿這件事去問友人的人。

這就是另一個Sky不想跟好友說自己喜歡男生的原因，因為Rain是第一次跟同性交往，所以一定會追問自己過去的情史，和他的經驗有沒有哪裡不同。如果講給他聽，不僅自己得重拾那些努力想遺忘的記憶，說不定還會讓Rain心生恐懼。

因此，當Sky晚上回到宿舍，發現有一袋來自名店的食物掛在自己門上時——那人已經完全收買Joy姐的心了——男孩便毫不猶豫地將它提去丟在垃圾桶裡。

「臭Rain，你別忙了，我是不可能喜歡你男友的朋友的。」

Sky冷漠地對著食物的袋子說，不僅如此，放任訊息每天響個不停的人也封鎖了電話號碼，連Phraphai的LINE也沒有放過。

若說有什麼事情是Warain幫他想起來的，大概就是糟糕的回憶吧，讓Sky堅決不再愛上誰的回憶！

而那晚，他又再次做了跟往事有關的惡夢。

第五章

當心脆弱時

在四面八方幾乎一片黑暗之中，男孩喘著氣，感覺粗糙的掌心正在他的全身上下遊走，那觸感既討厭又噁心，但他除了使勁將空氣吸進肺部以外，什麼也做不了，像是溺水之人努力抓緊最後一根浮木似的。

不要！求求你！拜託讓我醒過來！讓我醒來！

Sky 呻吟著，他仍感受得到湧入內心的痛楚，以及不絕於耳的啜泣聲。

「夠了！停下來！求求你，我什麼都答應你，都答應你……嗚！放過我……放開……不要！不要!!不要!!!」

嚇！

躺在床上的男孩倏地坐起，全身滿是冷汗，眼睛像見鬼似地瞪得老大，呼吸急促到整個房間只聽得見喘息聲。

最後 Sky 只能用手環抱住自己、閉上眼睛，努力喚回在睡夢中失落的理智。

「不對，那只是夢……Sky……只是夢而已。」

Sky 用力甩了一陣子的頭，好不容易讓呼吸平復了下來。他摸摸臉，將溼透的頭髮撥到後方，這才從鏡中瞧見充滿恐懼的眼神。

叮！

突然響起的手機訊息聲嚇了 Sky 一大跳。將手機拿起後，他看見了學長姐傳來的訊息。

……明天中午，系學會的所有人都來開會，教授說要討論新生訓練閉幕日的事情。有家長在吵說不想讓學弟妹參加需要跨夜的新生訓練，大家來討論看看要怎麼辦……

大三學長姐一留下這樣的訊息，一群凌晨四點還沒睡的建築系學生便同時憤怒地往群組裡丟訊息——有人問是誰的家長，有人說都準備那麼久了，還有人說那是每一屆留下來的傳統——直到大四大五的學長姐出來幫忙回答，教授沒有要求停辦，只是先討論一下而已，這才慢慢平靜下來。

Sky 嘆了口氣，惡夢帶給他的影響已經淡去了許多。他明白明天之後工作一定會更重，預計得開好幾次會才能讓各方理解及滿意，不過無論如何，他都想將新訓的最後一天辦成 All Night 的形式。畢竟去年參加的時候，整個活動都讓他留下了深刻的印象，而他也想將這樣的經驗傳承給學弟妹。

「唉，大概不用睡了。」Sky 喃喃自語，從床上起身，直接走向還沒完成的作品。

會要開，作業要交，學弟妹的新生訓練也得去看，讓他感覺身體比平常更加沉重。

儘管心累，不過 Sky 也不打算繼續睡，索性直接做教授布置的作業直到早上，然後再去上課。

「C」

Sky正盯著唯一的英文字母，讓他幾乎要活活昏倒的那一個。

他認真做的作品，在交給教授之後，只得到C的成績。

就算班上有超過一半的人得到一樣的成績，甚至更低，但Naphon自入學以來，就沒拿過這麼爛的分數。

自己為了這個作品，幾乎是拚得要死要活。沒想到不僅成績不理想，連教授對作品的提問，也一題都回答不了。

「我只比你好一點而已。」

如果你只會這樣安慰人的話，那就不必了──尤其是安慰的人還拿了B這樣的漂亮分數。

臭Rain製作作品的速度並不快，他可能要不吃不睡、沒日沒夜才能趕上教授規定的時間，而且總要自己打電話不斷提醒。不過最近因為有Phayu學長會叫他起床交作品所以可以放心。但總之人家的作品拿到了不錯的成績，不像自己，連要怎麼調整改進都不知道。

「算了，下個作品再重新來過。」儘管腦子裡仍不知道問題出在哪裡，但也只能這樣鼓勵自己了。

「對，下個作品再重新來過，因為下星期就要交了。」Warain一臉驚恐地回應。

他們開學兩週了，光這兩週就讓不少同學幾乎是天天抱怨連連。

功課像海嘯一樣湧上來。「有交往對象的人還好，因為

有人幫忙送飯、送飲料。」這種說法讓學長姐像瘋了一樣地大笑，然後回「你覺得那叫幸運的話，就等著看一個月後吧！」

哪有交往對象可以忍受他們系上這些連看LINE都沒有時間的孩子？

沒錯，就算Sky沒有封鎖Phai哥的電話號碼，他也沒有時間坐下來看螢幕上跳出來的訊息。

如果以為這樣就算糟，那麼對Sky這種必須負責學弟妹新生訓練、有活動的人來說，就更是慘上數倍。下課後的第一件事並不是去處理作品，而是得跟行屍走肉一般的學長姐開會開到深夜，回房間後還得熬夜做作品。好不容易能躺下來睡覺，卻總是睡不安穩，昔日的惡夢時不時就會作祟。即便平日裡再冷靜，現在也難以克制煩躁的情緒了。

累死人……這個詞可能還不足以形容現在的感受。

「Sky，你要去哪？」

「大三的打電話找我。」

「喔，那你去吧。」

即使在有空檔的下午，男孩正與好友一人一邊坐在凌亂的宿舍裡切模型的時候，只要學長姐一通電話，他還是得出門。最後只好隨便換個衣服，借友人的車返回系上，腦子裡仍在不停想著前幾天教授給的意見。

正當男孩思緒糾結在一起，快步行走時……。

「Sky！」

被喊到名字的人立刻轉過身，赫然發現來人是大五的學長……Som學長。

「Som學長，您好。」

「遇到你就好了，你們到底教了大一新生什麼鬼話啊？都不知道要尊敬學長姐！」Sky連抬起來行禮的手都還來不及放下，面前這位長相比Rain還清秀可愛的學長就破口大罵、揭開找碴的序幕，直到聽的人皺起眉頭。

「不只沒舉手向我行禮，還差點把我撞倒，連句道歉都沒有，怎麼會教得那麼爛！」

他們這間大學並沒有強制所有學弟妹都要參加新生訓練，取決於個人意願，但傳統上，大部分的人都還是會參加。新生訓練的過程中，會讓大一生認識前後輩之間的分際，尤其是尊敬學長姐的部分。因此，都第三週了，學長會生氣也不奇怪。可教導學弟妹這件事並不歸他管！

負責這件事的人是大三的學長姐。而且即便大二生通常都會擔任大一新生的保母，但Sky做的是幕後工作，因此幾乎從來沒在新生面前露臉過，所以究竟為何會怪在他身上？

「呃，那個……」

「Som學長太小隻了嘛，學弟可能以為是同屆。」

Sky雖然不滿，但他並不是會說這種話挑釁的人。而聲音的主人——從走廊角落帶著大大的笑容冒出來的Six，早已笑到連眼睛都瞇了起來。

「死Six！」Som學長怒吼。

「小人 Six，報告長官！」同屆的帥氣男孩俏皮地行了舉手禮。

「來，我隱約聽到說，Som 學長太小隻到被撞倒了。學長有沒有受傷啊？要不要我抱你去保健室？學長這麼小隻，我應該抱得動。」

個頭嬌小的學長聞言雙眼圓睜，一副想要往那張帥臉上撲的樣子。

「你想吃我一腳嗎!?」

「不要腳，換成學長香我臉頰一下行不行？」

「欠踹耶！」

看樣子，Som 學長完全忘記自己了。那個人轉過身、跺著腳走向反方向，於此同時，Six 也轉過來對自己笑了笑。

「看開點，你是 Rain 的好朋友，所以 Som 學長就遷怒到你身上了，Rain 先前也被撒過氣。那我先走囉，再去逗他一下。」說完便追著小個子學長而去，嘴裡還大喊著。「Som 學長趕著去哪？我是大二的負責人，學長可以跟我宣洩你的不滿，我會去幫學長懲罰大一新生喔～～」

兩人漸行漸遠，只留下 Sky 在原地疲憊地嘆氣，抬起手揉揉緊繃的眉頭。

Sky 自己是很甘願接下系學會裡屬於大二的任務，但他現在卻不禁想起那句不該想的話 ── 什麼都怪我！

「吼～～～～為什麼我的人生那麼倒楣啦！」

沒錯，最近的人生為什麼會低潮成這樣？難不成是因為

有尊黑色的夜叉來把他的運氣都吸走了嗎？

不過男孩還是甩甩頭，先將 Som 學長講的事情拿去跟大三學長姐說一遍。儘管 Sky 不是個會想太多的人，但對一個幾個月前剛滿十九歲的男孩來說，這麼多事情接踵而來，怎麼可能不覺得諸事不順。

不，過去就好了，比這更糟糕的事情都遇過了！

拿現在跟他曾經遇過的事情相比，不過是拿了很爛的成績、給教授罵、被學長遷怒而已，又能奈他何？

對，那是在看到這周作品成績之前、前一周的想法，這周的成績是……D⁺。

這回就算是 Warain 也不知道該如何安慰了，因為他也沒好到哪去，一樣差點來不及繳交作品。

除此之外，新生訓練即將接近尾聲，雖然 Sky 不用直接照顧學弟妹，但還是有背後的文書處理要做。以他的個性，一旦答應就會負責到底，所以幾乎每天都得待到深夜，但這一切對他的傷害都遠不及……惡夢！

自從被 Rain 問了前任事情的那天起，Sky 就開始斷斷續續地做惡夢。

「要瘋了！」

一早醒來，Naphon 便發現自己全身發熱。他很清楚自己生病了，但今天有重要的課，根本不可能待在房裡休息，於是他快速沖了澡、穿好衣服，結果一走出門就看見一袋早餐掛在門上，裡頭的食物來自耀華力路一帶的名店。一打開

袋子，香氣便撲鼻而來，讓 Sky 緊緊地咬住嘴唇。

「每天早上都送，這麼閒的話還不如來幫我做事情！」
他遷怒地說。

一周裡總是有兩、三天門前會掛著小小的禮物，有時是
點心，有時是正餐。不用說，Sky 也猜得出誰的手筆。有空
的人真好啊！在感到嫉妒的同時，厭惡感也隨之增加。

就是那人跑去跟 Rain 說他的事，會被問到和前任有關
的過往也是拜那男人所賜，然後，都已經這樣了，他還要再
次心軟嗎？

又來了……。

「到底什麼時候才會厭倦啊？」

不是 Sky 想擺架子，他也知道自己沒那個價值。不過他
清楚，像 Phraphai 這樣的男人，一旦感到厭倦便會轉身離
開，那他又為什麼要攪和到裡面去？沒有開始就沒有結束，
這樣不是比較好嗎？於是，男孩提著一袋名店的粥品來到樓
下，直直走向隔壁棟，將整袋都倒給遠遠跑來的三隻狗狗母
子。

反正丟了也可惜，不如就拿來餵貓狗好了。

之後便撐著疲累的身體往大學去，完全不理會正在快速
震動的手機。

而上面顯示的訊息是 ——

……好想你……

「欸，Sky，你確定你可以？」

「你又不是沒看過系上的人這樣。」

Warain或許看過行屍走肉，也見識過系上那些忙起來就開始胡言亂語的傢伙，儘管他自己的狀態也沒好到哪去。可好友的狀態卻遠比那些更糟。

無論是眼下的黑眼圈、發紅的眼眶、蒼白沒有血色的臉、乾裂的嘴唇，還是那頭亂糟糟的頭髮，都看得出好友已經瀕臨極限了。更不用說Sky還得除了課業之外，還得兼顧學校活動。

這次他連幫不幫得上忙都不敢問。他可不是Phayu哥那種既會念書又會辦活動的人。聽說那個人在學的時候，一邊唸書、一邊辦活動，還有時間花在興趣上頭，厲害得要死，完全配得上眾人口中「大神」的稱號。起初，他還曾經嗆說自己的好友也很厲害，但現在要比，大概沒辦法了。

先讓Sky能好好走路比較實在。

「有啊，但你的樣子……」

「遜。」他用沙啞的聲音接了話。

「也沒那麼誇張，但我覺得你下午先翹課回去睡覺吧！等下我送你回宿舍。」雖然Rain對Phraphai哥的事情依舊滿心好奇，也想知道讓好友變得很奇怪的前任話題，不過現在，他還是先擔心眼睛快要睜不開的人好了。

「不行，下午還有後天新生訓練閉幕日的會要開，而且事情還沒做完。」Sky喃喃自語，聲音一次比一次輕，然後

用力地甩甩頭。

「別擔心，新生訓練結束就輕鬆了。」

「我怎麼可能不擔心？嘿，你發燒了！」Rain伸手去碰Sky的手臂，沒多久就被掌心的熱度嚇了一跳。

「喂……你不要那麼大聲，我頭在痛。」

「有沒有吃藥？」小個子降低了音量，但又問了一次，接著便轉頭去問身旁的女性友人有沒有退燒藥。

早已抬不起頭的Sky，只能點點頭當作吃過的回答，讓Rain安心。

「等等藥效出來就沒事了。」

眼看教授進了教室，Rain只得先閉嘴，但他仍沒有忘記要時刻觀察身旁人的狀況。然後，這哪裡像「沒事」的樣子？不僅全身通紅，額頭的邊緣還滲出了汗水，明明已多穿了一層禦寒衣物，兩隻手卻緊緊地環抱在胸口，怎麼看都病得不輕。

「Sky，你確定你還好嗎？」

「嗯。」

Rain每隔一段時間就問一次，他感覺友人看起來昏昏沉沉、雙眼迷濛，像是快失去意識了。

他猶豫著要不要開口請求教授的允許，現在就帶對方去看醫生，但還是試圖冷靜下來、待到下課。等到教授一放大家走，就趕緊拉住朋友的手臂，讓明明吃了藥、身體卻依舊火燙的人睜大了眼睛。

「Sky，去看醫生。」

「不要，等下會來不及回來上課。」

「別固執了，你這個狀態聽課也聽不進去！Six來幫忙扶一下Sky，我一個人撐不住！」Warain毫不猶豫地喊住另一個一臉困惑走過來的友人。

Six一抓住Sky另一邊的手臂，便驚訝地出聲。

「身體燙成這樣，你還能坐著上課喔!?」

「我又沒事，你們別大驚小怪好嗎？」Sky皺著眉，過大的聲響讓他的頭更痛了，他甩開兩位友人的手，一把抓過自己的東西之後站起來。

砰！

「嘿！」

沒幾秒，Sky的身體便直直地倒在了前方的桌子上。

這次不只Rain跟Six，連其他朋友也一窩蜂地湧上來扶住Sky，一邊盡可能地阻止那些嘴上說著要去找學長姐的人，一邊將他架上Warain的車，直接開往醫院。

現在不只是去保健室了，先去找醫生幫這不知死活的傢伙打個一、兩針吧！

雖然Phraphai一丁點放棄冷漠男孩的想法也沒有，但他也不是可以整天遊手好閒的大學生了。平日他在父親的電子零組件製造公司上班，公司的工廠設在外府，而他從上週開始就在工廠忙，直到今天早上才剛回到曼谷。

Phraphai 先前都是自己送禮物過去，但過去這一周，為了拿東西給 Sky，他必須請人拿去託給 Joy 姐，所以他現在非常想念對方。

　　等到發現電話打不通的時候，不用誰來提醒他也知道——號碼被封鎖了。

　　「心越硬呢，我就越想讓你心軟，懂不懂？」男人的心情還不錯，因為他今晚的計畫就是要去宿舍前面堵人。

　　要他說，滴水都能穿石了，更何況是 Sky 柔軟的心？

　　說著就想捏捏那柔軟的屁股了！

　　Sky 或許不是他遇過最可愛的一個，但 Phraphai 敢說，在衣服底下那顆水嫩緊實、值得一捏的屁股，比他摸過的任何人都好，可以說只要一脫掉衣服，就連他家那自稱宇宙無敵可愛的弟弟 Phleng 都無法一拼，更別說他一點都不想要自家弟弟這種類型的老婆。

　　光想就頭痛，不像那個冷漠安靜的人，有魅力多了。

　　最近一有空檔，腦中總會浮現 Sky 的身影。

　　他已經超過兩周沒被鄙視的眼神瞪過了！

　　「今天會出現怎樣的表情呢？」光想，Phraphai 就迫不及待想下班了，不過現在能做的，也只有拿過為這件事新買的手機，開始傳訊息——

　　……Sky 弟最近好嗎？我想你想到心要碎了……

　　反正舊的號碼都被封鎖，那拿新的號碼傳訊息也行，即使先前傳的那封「好想你」依舊未讀也無所謂。之後，他便

將手機收進包內，開始工作。就算是老闆的兒子，但他爸可不會讓他領乾薪啊！

最近必須勤奮一點賺錢，好去買禮物掛在那小孩的房門口。

男子笑笑地想著。

不過Phraphai並沒有看見，在這段期間內，他傳送的訊息第一次顯示已讀，特意為了逗那孩子才買的手機，更是沒多久便響了起來。而唯一知道這支手機號碼的人就是——Sky。

「哈囉，好想你喔！」

大個子連忙調整表情、露出笑容，用溫柔的聲音接了電話，但是……。

〔Phai哥喔？我是Rain啦！〕

笑容頓時消失了。

「Rain怎麼會用這支手機打來？」纏了一陣子，就算沒有特意去記，他也記得電話那一頭的十碼數字，更不用說上面紀錄寫的是Sky。可為何打來啟用這支電話的人，居然是好友的小個子男友？

〔就Sky的手機在我手上啊。〕

果然，那為什麼Sky的手機會在Warain手上？

〔是這樣的，我現在在Sky的房間裡，剛好看到哥傳來的訊息，所以才打電話來。Phai哥現在有空嗎？〕

Phraphai發誓，就算聰明如他，也不會知道友人的男友

到底想說什麼，不過還是點了點頭。

「我再過一個小時下班，到時就有空了。」

〔那哥今晚方便嗎？我知道這會打擾你，如果我有帶作品的話就可以自己留下來，不用打擾哥。但我放在家裡的作品還沒做完，無論如何今晚都得回Phayu哥家繼續做，然後……〕

「等一下！」在小個子繼續絮絮叨叨之前，Phraphai先打斷他，接著用忍著笑意的聲音問。「說重點，讓我知道究竟發生了什麼事。坦白說，我聽不懂你在講什麼。」

〔就是……〕

電話那頭沉默了一下，緊接著便投下了震撼彈。

〔Sky在教室裡昏倒了啦，Phai哥。〕

「你說什麼!?」

〔他不舒服，發燒、全身發燙，還忍耐到昏倒在教室中間。〕

「你們現在人在哪裡？」

〔我跟他在宿舍裡。〕

「在那等我，我現在就過去。」

〔欸？〕

Phraphai無視還有一個小時才下班的事實，將做到一半的文件收進筆電包裡，告訴上司有急事要先走，然後不理會勸阻的聲音、快速下樓走向停妥的轎車。

反正再怎樣也不會有人敢開除老闆的兒子，只為了他趕

著去看生病不舒服的情人啦！

此時，男人沒有意識到，他這個熱愛遊戲人間的人，正將Sky放到了想交往的位階上，一點違和感也沒有。

他心急到無法思考那些事情了。

上班日時，Phraphai不會騎他心愛的重機，所以他今天花了比平常更多的時間，好不容易才穿過車水馬龍的道路，到達來了好幾次的大學生宿舍。這次男人沒有到辦公室坐坐，而是厚著臉皮、跟著拿著通行證的宿舍居民上到了樓上，手裡抓著包包、打電話給他要找的人。

〔喂，Phai哥。〕

「幾號房？」

〔308，三樓直走最後一間。〕

對於Sky的事情，Warain每次的嘴巴都閉很緊，但這次對方自己也非常著急，所以很輕易就交代了，聞言，Phraphai連忙一步兩階地爬向三樓。光是聽到男孩不舒服，他就感到出奇的焦躁不安，再加上又聽見對方昏倒在教室中，老實說，他想親眼看到對方還好不好。

一到三樓，也不用浪費時間找是哪一間，因為小個子的男孩正在走道的另一端，向他快速揮手。

「Sky在哪裡？」

「嘿！Phai哥，先聽我說！」

當他作勢要開門進去時，Rain就緊緊地抓住他後方的

衣服。

「Sky睡著了，在門口先將事情講清楚。」Phraphai這才願意轉身對視，用眼神代替開口，讓Rain開始解釋。

「就像我跟Phai哥說的，Sky發高燒，我自己是從早上就看出他狀況不太好，但他忍耐著、一直說沒關係，直到昏倒才被拉去醫院。醫生想讓他住院一晚，不過Sky不願意，說作品還沒做完，所以最後吊了一瓶點滴，回來之後就筋疲力盡在房裡繼續睡。我也想過要打給他爸媽，可Sky又不讓我打。哥，他爸媽離婚了，媽媽住在國外，至於爸爸則住在華富里府，Sky不想讓他擔心。」Rain說著，一副不開心的樣子，並不是因為他將之前藏緊緊的資訊一下子全部說出來，更多的是他擔心房裡的那個人。

「我朋友去跟教授說過了，有診斷書，所以教授同意讓Sky晚交作品，可我的作品不能晚交啊，Phai哥！如果有把做到一半的作品帶著，我或許還能照顧他，但作品在Phayu哥家，開車來回又不知道做不做得完，但我又不想留Sky一個人。」

Phraphai現在知道發生什麼事了。

「所以你才找我來幫忙照顧Sky，對不對？」儘管Rain有些猶豫，不過最後還是愧疚地點點頭。

「下一次要吃藥是什麼時候？」但大個子並不在意，繼續往下問。

「明天早上。醫生幫他打過退燒針了。」

「OK，那我自己來顧，Rain回家做作品吧！」他一答應，另一方就放心地笑了，從褲子口袋裡掏出房間鑰匙，但要交給他之前卻停住了。

「我可以相信Phai哥，對嗎？」

Phraphai確定他有將自己的眼神掩飾好，但可能還是太過分了，所以Warain又將鑰匙抽了回去。

「當然。」

但小個子仍不交給他，甚至還瞇起眼睛。

「不是說要趕快回去做作品？這麼拖拖拉拉，等下又要做不完了，外面車很塞喔！」男子笑著趕人。

「先答應我，你不會對我朋友做什麼。」

「Rain不相信我的話，讓別人來照顧也可以。」高大的人說得認真，但Rain卻癟嘴給他看。

「都這時候了，是能找誰來代替啦！」

「是吧？都這時候了，Rain還猶豫什麼？」說話的人一臉無辜，讓Rain不情願地交出鑰匙。

「Sky醒來之後一定會殺了我。」

Phraphai滿意地看著手中小小的鑰匙，接著抬頭正視似乎仍覺得自己做錯的人。

他毫不遲疑地開口。「我保證不會對你朋友做什麼。」

「嗯？」

Phraphai也有點驚訝自己為何會這樣說，反正目標都無力地睡在咫尺之處，也沒有力氣趕他，到底為什麼要講這種

絆住自己的腳的話呢？就算他沒有混蛋到上了病人，但吃一點點豆腐也沒什麼錯，再怎樣，他都花時間來照顧病患了，不過⋯⋯他還是願意那樣承諾。

那認真的眼神，讓Rain也軟化了。

「那就拜託Phai哥囉！Sky醒了的話，再打電話跟我說一聲。」

男孩嘆了口氣，接著走向樓梯，可還是猶豫地回頭了好幾次。Phraphai笑著送他，直到背影消失在視線裡，笑容才瞬間消失。然後，高大的人像是一分一秒也不願浪費似的，迅速轉身打開房門，但手上的動作卻非常地輕。

Sky的房間十分寬敞，但很亂，不過那也不是男人關心的事情。

Phraphai心急地馬上直奔那張有病人熟睡的大床，然後就愣住了——沒想到才幾周沒見到面，Sky就瘦成這樣，再加上病人般的蒼白臉色及乾裂嘴唇，讓高個子在床邊坐下，伸出手、輕手輕腳地碰觸對方的臉頰。

雖然皮膚不像Rain說的那樣燒得厲害，但滾燙的軀體還是讓他有說不出的擔憂。

Phraphai不知道他在擔憂什麼，他只是⋯⋯不想看到這個小孩生病。

「嘿！讓我這麼擔心，醒來後要好好處罰你。」

雖然心還沒有靜下多少，但一看到對方除了因身體不舒服而痛苦地皺起眉頭外，並沒有受到什麼損傷後，Phai就

輕輕鬆了一口氣、淡淡地笑了。他動了動手，溫柔地將對方被汗浸濕的瀏海向後撥。

「等下我幫你擦身體。」

這次，Phraphai可以發誓，他沒有任何其他的企圖，只是憐惜躺在床上那個汗流浹背的人。

唰！

但屁股還來不及離開床墊，他就感覺到背後的衣服抽動了一下，讓他不得不回頭看，然後發現那雙因發燒而泛紅的烏黑眼睛撐開來看他，接著乾涸的嘴唇低聲吐出的短語，震撼了大個子男人的心。

「不要走……不要走。」

第六章

當 Phraphai 失態

　　沒有人會相信只是幾個字，就讓聽過各式各樣哀求的男子乖乖坐回床上，大手輕輕地撫摸著蒼白的臉頰，聽著眼帶血絲的病人，用沙啞的嗓音低語：

　　「不要走。」

　　「我哪都不會去，就待在這裡。」

　　不過生病的人仍搖著頭、不相信他所說的話，抓住衣服背面的手仍緊拉著不放，到他必須伸手去碰觸Sky的額頭、在太陽穴上輕輕地按摩後，再移動到被汗水浸溼的頭髮上，溫柔地摸著。深邃的臉上露出了一絲笑意，嗓音也溫柔悅耳。

　　「我只是想幫你擦身體，這樣你才能好好睡一覺。」

　　但再次撐開眼睛的病人卻將他的衣服抓得比原先更緊，雖然眼裡沒有眼淚，但喉嚨裡卻發出嗚咽聲，似乎反對他將離開床、去拿毛巾幫忙擦身體的想法。Phraphai並不認為，病得意識模糊的人是因為知道面前的人是誰，擔心脫掉衣服後會被毛手毛腳才阻止他的，Sky似乎是真的不想要他離開。

　　至於他為什麼會知道Sky的意識不清，是因為這小孩就算病得再重，大概也不會抓著他的衣服、這樣對他哭鬧，只

會說自己沒事了，然後叫他滾遠一點。

一時之間，大個子莫名地惱怒了起來。

此時在Sky腦裡的人是誰？

這小孩努力想抓住的人到底是誰？

但那個人逼著自己先將惱怒收起來，他不是那種會將煩心事牽拖到別人身上的人，尤其是對滿身是汗的病人，於是大手緩緩地摸著頭髮，看著再次閉上眼卻眉頭緊皺的人，一開始僅被單手扯著的衣服，現在被雙手抓住，就像是潛意識不想讓他離開一樣。

這讓幾乎不曾惱怒的人感到不滿。

如果現在在Sky腦中的人是他，Phraphi應該會滿心歡喜，但似乎並不是。

「先放開我，這樣我才能幫你擦身體啊。」

「嗚……」病人的哽咽聲像是抗議一般，他將身體移了過來，直到額頭貼在另個人的臂側。這讓大個子必須向後靠，手撐著對方的後頸、將枕頭墊入，讓他能夠好好睡一覺。那深邃的目光看著脆弱的孩子，先前冷漠的模樣一點也不剩。

Phraphai一沒有起身的跡象，生病的人也就平靜了下來。

高大的人不知道他摸著頭髮、哄睡了多久，也許沒幾分鐘，又或者是幾十分鐘，因為凌厲的眼睛只顧著看那張蒼白的臉，臉的主人緊攀著他。他在腦海中努力驅散胸口湧上的

惱怒，告訴自己，對方還在生病。

每個生病的人都是這麼愛撒嬌的，完全不是將他誤會成別人。

「嘿！Sky真是個壞孩子，居然讓我這麼擔心你。」

生平第一次，Phraphai擔心某個人，擔心到拋下工作。

當他不得不坐下來、只能看著被高燒折磨而神色痛苦的人時，他立刻有了時間去反思自己近似瘋狂的著急——當他從Warain嘴裡聽到這件事情的時候。

他或許是個風流愛玩的人，但不表示他沒有良心，只要一聽說朋友病了、親戚不舒服，或者哪個情人狀態不好，他一樣會好心地去探望，但那每一次都跟這次完全不同。

小Phleng幾年前重感冒的那次，他也只是從英國打電話回來，要他快快好起來而已，那可是他親愛的弟弟呢！但這次⋯⋯。

「我又不是他的誰。」

他跟Sky的關係可沒比陌生人好上多少。

兩人曾經有過一夜的這檔事，並沒有讓自己的地位從陌生人變得比之前特別，但他仍然會擔心，擔心到得為自己如此惦記找個藉口——大概是因為想要的人還沒得手吧；大概是因為這孩子跟別人太不同了，除了不在乎外，甚至想拉開距離；大概是因為久久難得一見的新奇吧。

「找你爸的藉口！該死的Phai！擔心就是擔心啦！」最後還是聳聳肩，默默停止思緒。

他為什麼擔心Sky都隨便啦！他還是比較想知道，現在是誰在Sky的腦海之中。

將手插在深色頭髮裡的人這樣想著。那頭看起來很柔軟的頭髮，這時候被大顆汗水浸濕了，但男子一點厭惡也沒有，仍溫柔地撫摸著另一方的頭部。他將Sky緊抓著他背後衣服的手拉回來，好好地放在床墊上，準備起身去做原本的目標——幫對方擦身體。

但是……。

唰！

「唔～～」

生病的人緊抓著他的手，到他心軟了下來。

「好孩子，我要幫你擦身體，先放開喔。」一看到病患紅通通的臉頰，他也忍不住想將臉湊上去，磨蹭了一兩下，就當作是預先支領的獎勵好了。

「爸……」

但鼻尖都還沒來得及碰觸到臉頰，從嘴裡吐出的那個字讓聽到的人整個人沉默了。

「蛤!?爸？」

Phraphai立刻站了起來，看著仍低聲喊了好幾聲爸、身體很不舒服的病患，直到腦海裡閃過一絲理解，笑容從前一秒還很緊張的臉上，一點點露了出來，接著轉成了笑聲。

爸爸喔？他不爽是因為被誤會成是Sky的爸爸這樣？

也是啦，其實他應該要生氣被叫老的，但一知道Sky找

尋的是爸爸，就放心了。

不僅如此……。

可愛死了！

誰會相信那個用嫌惡眼神看他的男孩，居然還有黏著父親的可愛一面！這讓Phraphai伸手環住小孩的肩頭，將他拉進懷中，另一隻手拉過被子，將病人的身體好好裹住。他碰觸到那比平常更高的體溫，但卻不討人厭。

相反的，他的嘴角都快笑到耳邊了，當生病的人伸手過來、緊緊抱住他的腰時，身體也一併挪進他的懷裡，這小孩平時根本不可能會這樣做的，然後那副像在惡夢中的不安，也只剩下令人憐惜的安靜。

「Rain呐，哥沒有對你的朋友做什麼，只是充當一下Sky的爸爸而已。」

所謂的什麼也沒做，可不包括給病人溫暖喔！

一那樣想，Phraphai就將纖細的身子摟得更緊，而Sky的模樣也十分可愛，生病的人磨蹭地移動身體、將臉頰窩在他的胸口，像是在找個舒服的角度，一滿意了，小孩就將臉埋在他肩膀附近，一動也不動，再次沉沉地睡去。

「要我抱得更緊嗎？」

「……」

生病的人哪有能力可以回答，但Phraphai認為沉默就是最好的答案了，因此，他的懷抱將纖細身體收得更緊。

「不然我再摸摸你的頭？」

當然，再一次沒有回覆。他一邊問，一邊隨心所欲地摸著頭髮，並將自己的腳插進小孩的腿中，與之交纏，直到兩具身體親密到近乎結為一體。

　　「那我……可不可以親一下？」

　　「嗯……」

　　讓我死了吧！如果可以把這隻娃娃帶回家一起睡，我發誓絕對會把抱枕通通丟掉！

　　他哪裡知道，病人的低吟是覺得在自己耳邊呢喃的問題很煩人，在他聽來，那個字就像是明晃晃的答應，因此，在耳後印上一個吻一點錯也沒有，然後鼻子埋在毫無防備的白皙頸測，滿意地吸了一口氣，嘴裡還喃喃自語。

　　「Rain，哥沒有對你朋友做什麼喔！」

　　反正都得到允許了，這就不算是「做什麼」了唷！

　　這句話如果被Warain聽到，一定會反駁說：就是故意的，Phai哥這個行為叫做意圖不良！

　　但Phraphai才不在意，因為他很清楚，從跟Warain騙來Sky的電話號碼開始，他就意圖不良了，所以根本不在乎別人怎麼說，然後……。

　　「呵……」而且生病的人這樣抱著他不放……。

　　會放開的人就太蠢了！

　　即使Phraphai想繼續躺著當病人的熱水袋，但一看到那發紅的臉跟滿身的大汗，再混帳的人也幹不出邪惡的事

了。相反的，他這種如此健壯又不曾生病的人反而可憐起這被折磨到皺眉的小孩，這才心不甘情不願地從溫熱的身軀起身。

首先要做的事情是擦身體、換衣服，還有先換掉睡得濕濕的床單。

他沒有做過沒錯，但不代表他學不會。

不久之後，高大的人帶著濕毛巾再次回到房裡，將棉被拉到病人的腳底，對立刻顫抖起來的病人狠下心。不過，人生第一次照顧病患並不是最難的事情，最難的反而是不要對全身被脫光衣服的病人做什麼。

呃！

真的沒有想什麼邪惡的事情吶，只是為了不浪費時間，把人一次脫光而已。

「媽的！超性感的！」

可以找到比這更可愛的人？他怎麼敢想啦！

面前的男孩或許沒有 Rain 那麼可愛，沒有 Phleng 那樣白皙，但躺在床上的纖細裸體又那麼吸引人的目光，深邃的眼神注視著修長的脖子，一路來到了好看的鎖骨，及不過分乾癟的平坦胸口。他有著摸起來愛不釋手的肌膚、令人想掐揉的緊實臀部、可口的修長雙腿，再加上那處被冷氣吹得豎起的淺色突起，全部都因為高燒而染上一層粉色，讓他不得不在內心背誦著「吸氣、吐氣」。

「一點就好……混蛋！死 Phai！」

Phraphai知道自己很混帳，但面前的裸體實在太誘人了。

啪！

「死Phai，善良點！」不過，讓他冷靜下來的並不是所剩不多的人性本善，而是Sky冷到在床上蜷曲身體，這樣就足以讓大個子趕緊衝上去幫他擦頭擦臉，交替著回到浴室換水，再回來替Sky擦拭身體、背部及汗濕的手臂。

當然，Phraphai這種人是不會忘記要處理小Sky，將它擦乾淨的。

「我還沒有做什麼喔，Warain，只是擦身體而已。」讓他幫自己跟天地辯解一下。

對啦，擦了全身上下每個縫隙及角度，可說是很值得。

接著又翻出衣服幫睡不安穩的人穿上。起初，很滿意看到對方只穿了上半身的睡衣，但想想他要當人體熱水袋一整夜之後，想讓那雙修長的腳什麼都不穿的混蛋想法就從腦中散去了。

如果磨來磨去磨出火來，他可不保證能夠克制得了自己。

他一將Sky處理好，就用厚厚的棉被將人包好、抱到地上躺一會兒，換好床單之後，才將生病的人重新帶回乾淨的床上，接著心滿意足地看著自己的成果。

Phraphai確定這是他這輩子第一次為別人這麼做，一看到身子舒服了的人臉色舒展開來，翻過身去、開心地將臉埋

進枕頭裡，他就有莫名的驕傲。

「哈哈哈，別人知道大概會笑死，Phai 會照顧人卻不求回報到這種境界。」

現在滿身大汗的人不是 Sky 了，而是他，他全身遍布著出力工作後的汗水，還有洗毛巾時濺出的水，所以高大的人又一次走去開了衣櫥，自動自發地拿出大件的上衣及應該穿得下的鬆緊帶褲，然後再次消失在浴室裡。

等到離開浴室時，已經超過凌晨三點了。

常來附近的他已經知道，宿舍周遭的喧囂並不因這個時間而減少，夜越深，大學生就越多，還有他一開始並沒有打算過夜，但這時候回家打包東西再過來又太浪費時間，不過這樣什麼也沒吃地照顧病人，似乎又太折磨自己了。

飢腸轆轆的人再次走去看病患的狀況。

Sky 的臉色比晚上的時候好多了。

啾！

嘴上說不會在小孩昏迷不醒時做什麼的人湊上去，在額頭上重重地親了一口，然後移到對方耳邊輕聲說。

「要乖乖等我喔，等下就回來。」

就算沒有答覆，但 Phai 就將熟睡者的舒緩臉色當作是答案了，帥氣的臉上於是露出了一個笑容，心中湧出了更多的愛憐，到用臉頰蹭了對方的臉頰一下，然後才拎著錢包、手機及沒多久前才剛拿到的房間鑰匙，迅速地離開房裡。

他得快去快回。

Phraphai不在乎他為什麼會這麼擔心生病的人，但既然擔心，那又何必想太多、找理由來讓自己煩躁呢？

「跟你老婆說不用擔心，我可是Phraphai。」

〔就因為是你，我老婆才要擔心。〕

Phraphai沒用很久的時間就買好了兩盒便當、兩袋粥、好幾種藥、牙刷及刮鬍刀，但在走回Sky宿舍的路上，手機就先響了起來，而打來的不是別人，就是……Phayu。

於是，這時黑皮膚的男子正因對電話那頭所講的話而笑得很大聲。

他不曾讓Rain看過他壞壞的一面呢，也只能說那小孩的直覺很準確了。

把Sky託付給Phai這件事，就像是將烤魚託付給貓。

「我什麼都沒有做喔，只是做必要的看護而已。」

冷了就抱。

出汗了就擦身。

要擦身就脫衣服。

看到了嗎？他應該得到傑出看護獎的！

〔死Phai！〕

但在聽到電話另一端的嚴肅嗓音後，大笑的聲音就安靜了下來。

〔我知道你是怎樣的人。如果你不顧慮Rain的話，我想讓你記得，那小孩再怎麼說也是我學弟。〕

Phayu現在的意思是——不看他男友的面子也要看他的面子。這讓Phraphai停下腳步、臉上愛鬧的笑容也消失了，只剩下思考的眼神。

原來不只是Sky一個人以為他正在玩，就連Phayu這樣的朋友也一樣，這讓花花公子用認真的語氣回覆道：

「那如果我是認真的呢？」

〔……〕

就算沒看到他的臉，也知道他愣住了。

「嘿！夠了夠了，以後再說吧！麻煩你跟Rain說，Sky醒過一次了，現在又睡熟了，不用擔心，我才沒有惡劣到要對病人做什麼。」但一點點那種不算嘿！

Phraphai用手指擺了一個叉叉。

「先這樣。」

之後就將手機收進包包，跟在其他在刷卡的住宿生進門上樓，直奔病人的房間，一點在餐廳吃完飯再回來的想法也沒有。他承認，他不想放睡著的Sky一個人太久。

看樣子，我病得真重！

「Phai哥來囉，Sky弟有乖乖嗎？」

「嗚！不要，不……不要！」

喀！

正在關門的人馬上轉過頭、看向奇怪的聲音來源。這一看，Phraphai馬上將東西拋在玄關，奔向床上正輾轉不安、表情痛苦的人。才不過半個小時而已，剛換過衣服的人怎麼

又一次被汗水浸濕了全身？

「Sky，還好嗎？」

啪！

高大的人為了量體溫而伸出手去探對方的額頭，但手指尖還沒來得及碰觸到肌膚，生病的人就嚇了一跳、揮開他的手，這讓Phraphai頓住了。

生病之人的眼睛仍閉得死緊，但原先鬆開的眉間皺得更緊了，汗水布滿他的臉，還一邊在枕頭上來回搖動，像是正在對抗惡夢一般。喉頭發出參雜著哽咽的呻吟聲，但沒有淚水，像是在面對什麼恐懼一般，全身上下都在顫抖，這令看的人十分著急。

「Sky，是我，Phai哥，是拉胡哥啊！」

男子在床邊坐下，用安撫的聲音說。但就在肉體相碰的時候，正處於惡夢中的人嚇了一跳，即使沒有意識也要試圖逃離。

「不要，求你……不要傷害我，放開我……放開……不要……拜託！」

又是這種令人窒息的呻吟聲。

觀者越看，心裡越是感到折磨。

Phraphai只猶豫了一下子。

刷！

「啊……不要！放開、放開我……放開！嗚！不要，拜託……放開我！」

男子決定將生病之人摟進懷裡，但卻讓 Sky 盡可能地掙扎，兩隻無力的手努力地又推又打，呻吟聲既痛苦又揪心，呼吸聲越來越大到 Phai 加大力量、將他抱得更緊，總是掛著笑容的臉現在布滿了緊張的神色。

　　「是我，Sky。是 Phai 哥啊，是我。沒事的，好孩子。」

　　「放開……嗚！放開……放開我，放手！」

　　「不要，我不放手。」

　　他不知道 Sky 的惡夢是否長得跟他很像，但雙手將纖細的身軀抱得更緊，保證絕對不會讓這小孩獨自一人面對折磨！

　　「冷靜點，我保證不會對 Sky 做任何事的。平靜下來啊，好孩子。」Phraphai 也不想相信，有一天他會安撫地抱著、搖晃著、哄著一個跟他幾乎沒有關聯的人，但這個曾經給他冷漠眼神的小孩實在太可憐了，可憐到他無法放開手。

　　男子不知道 Sky 夢見了什麼，但這副模樣曾以為很堅強的人看起來非常脆弱，因此，低沉的嗓音不停地低語著：

　　「我在這裡陪著 Sky 唷！沒有什麼可以傷害 Sky 的！」

　　一手摟著腰際，另一手輕輕地撫摸著汗濕的頭髮，吻在額頭、眉間及臉頰交替落下。他一點放手的意思也沒有，不管生病的人再怎麼閃躲、掙扎，或是說了多少夢話。一陣子後，做惡夢的人好不容易又再次安靜了下來。

　　「乖一點，好孩子。」

　　雖然他的乖孩子回來窩在胸口、臉色也好轉了許多，但

Phraphai仍不放心，仍安撫地摸著對方的背部、繼續低聲哄了好一陣子，直到聽見呼吸的節奏固定下來，告訴他Sky再次熟睡了，雙手才將纖細的身子移回了柔軟的床墊上。

唰！

可看似熟睡的人又再次伸手抓住他的衣服，皺著眉，像是不喜歡令他感覺十分安全的溫度遠離自己身體似的。

「我在這裡，沒有要去別的地方。」

當他低聲安撫時，握緊的手才慢慢放開，但Phraphai也不急著起身去處理剛買來的物品，反而在那裡側躺下來，深邃的眼睛眨也不眨地盯著紅通通的臉，眼神裡滿滿都是憐惜與著急。

他不知道Sky夢見什麼，但希望自己能成為幫他解脫出來的人！

「你遇過什麼事情呢？」

大個子開始好奇，這個惡夢跟另一方努力想推開他有什麼關係？Sky曾經遭遇過怎樣的事情？為什麼這小孩對床笫之事那麼熟悉，卻對他豎起聳立的高牆？男子對一切感到好奇，想知道每一件事到像是胸口有一把火在燒。

「跟哥說吧！」雖然知道歸知道對方不可能會說，但還是希望能從他的嘴裡聽到。

「嘿！你到底是怎麼了？想知道別人的過去可不是你的習性啊，死Phai！」

那不是他的習性，但如果那能讓他更了解窩在自己胸上

的人，他也想試著改變一下自己的習性。

Phraphai仍繼續那樣躺著，慢慢地觀察Sky的表情——什麼時候眉頭皺在一起了，他就輕輕地推開，直到確定鬆開，來來往往近一個鐘頭後，才慢慢決定退開、去滿足咕嚕咕嚕叫的胃，並提醒自己記得把粥放進冰箱。

不過，大個子的男人並沒有離開床邊，深邃的眼睛仍注視著那張越看越喜歡的光滑臉蛋，直到吃光整個便當。他迅速將盒子拿去丟，並順道去刷了牙，然後又回到在原點的東西上——也就是Sky柔軟的枕頭。

「嗯……」

他聽著微弱呻吟聽到習慣了，以至於Phraphai來不及觀察到淺色的眼皮抖了抖，緩緩地睜開了。

「是誰？」生病的人聲音沙啞地問，雙手出力推著，讓男子低下頭看。

「我是Phai哥。」

Phraphai寵愛地頂著鼻尖，以為像先前一樣是說夢話，但是……。

「Phai哥……拉胡哥？」

「!!!」

熟悉的稱呼從乾裂的嘴唇中吐出，讓他瞪大了眼睛，更震驚的是，當生病的人意識到他是誰後，還挪動身體躺到他的胸口，再次尋找一個舒服的角度，直到將臉窩到側頸才停了下來，雙手緊抓著他穿著的衣服。

「好冷。」

當小孩一喊冷，他就將人抱緊，拉過棉被包裹住，像是不怕自己熱死一樣。

僅僅是躺在他胸口上就讓他心臟快停掉了，居然還來乞求溫暖！

Phraphai還以為光是那樣就夠讓他完蛋了，但這還比不上隨之響起的呢喃：

「不要放開唷……抱我。」

可愛死了！

Phraphai在心裡又一次驚呼。

誰能想到，像他這種人，當遇到冷冷的人這樣來撒嬌時，也一樣會化成水。

不是只有床上的熱情如火而已、也不只令人惦記的冷漠眼神，就連脆弱的一面，甚至是愛撒嬌的部分，都有趣到讓他無法將視線從懷裡的人身上移開！

Phraphai怎麼會曾經覺得這個小孩很普通呢？哪裡會有普通的小孩能讓他僅僅是抱著睡、沒有去想那件事，而且還擔心到睡睡醒醒，一整晚常常起身、探對方的體溫，而他一要起身，對方就緊緊抱住他的腰，直到他躺回來繼續睡，讓他完全獻上自己、成為對方的抱枕，這已經超越他能好好接招的地步了。

「真壞。」

不過他就喜歡這樣的壞，尤其是聽到胸前的呢喃時。

「拉胡哥。」

這下子，就算要他成為那尊黑色的夜叉，他也願意。

第七章

意 識 清 醒 時

晨光穿過陽台的門、照進大學生宿舍的中型房裡，喚醒因發燒而病懨懨的人，讓他微微移動身體、將沉重的眼皮抬了起來。他感到全身痠痛，而且連支撐自己坐起來的力氣都沒有，只有一張臉在緩慢挪動，排序著事件，想知道在恍惚之中發生了哪些事情。

「我要請假啦，爸！你是老到聽不懂人話了嗎？」

不過，將Sky從殘忍的惡夢喚醒，不是刺眼的光線，而是忍著笑的低音 —— 雖然很努力降低音量，但還是飄進他耳裡 —— 那個好像仍在他腦海裡迴盪的低沉嗓音。

「乖一點，好孩子。」

「是我，是Phai哥啊！」

「我在這裡陪你唷！」

模糊不清的記憶閃了過去。

「原因？生病啊，咳咳。喔！喉嚨好痛……我才沒有騙人！好啦好啦，講真的也行。爸，我男朋友生病了啊，就讓我請個一兩天假吧……我真的不是在誰的床上！你兒子講的是真話！」Sky跟著聲音轉了過去，僅看見一個寬廣的後背，有個只穿了球褲的男人正站在房間陽台上。

「你都可以有老婆了，那我有男朋友又有哪裡奇怪？」

鬼話說到連自己爸爸都不相信啊……。

在因被高燒襲擊而產生的暈眩中，Sky那樣跟自己說。

「喔喔，你先別生氣……對，爸人最好了，又愛家，沒有外遇過，不像我，到處亂留情。好，那我重來，就連Fros叔叔都有老婆了，那我有男朋友又有什麼奇怪的？這樣可不可以？你兒子所有的壞事都歸給你弟，好的部分才是遺傳自爸爸。」

拉胡哥一看就知道很風流，那什麼Fros叔叔的，又是哪個等級？

Sky可能還搞不清楚自己身上發生了什麼事情，但卻很確定站在面前的男人是誰，然後對方還轉過身、讓他看到那張臉──Phai哥！

大個子男人在門邊頓了一下，然後線條銳利的臉上妝點了燦爛的笑容。

「哥的小惡魔醒了～～」

聽者眉頭一皺。

「你說什麼……咳咳！」Sky被自己沙啞的聲音嚇到。他試著想撐起身體，但卻沒有力氣，眼睜睜看著大個子快步走到床邊，伸手想幫忙他起身，但他仍舊閃開了，用眼神（取代因高燒而碎裂的嗓聲）說不要靠過來。

Phraphai愣了一下，但沒一會兒就裝出可憐的神情。

「哥的小惡魔好壞心，昨天抱著我一整晚，一到早上就拋棄我了，真過分！」

少說得像我射後不理一樣！

Sky緊盯著，而假裝難過的人則露出了笑容。

「不信嗎？但我是說真的，我們真的抱著睡了一整晚喔！」

「才不……」

喀！

但就在那一秒，對於怎麼會放這一大尊夜叉進自己房間還沒有任何頭緒的人也愣住了——不知道見過多少次的夢境閃過，但在痛苦當中，他卻聽見有個溫柔的嗓音時時安撫著他，一睜開眼醒來又看見自己正抱著他。

「不要放開唷……抱我。」

在反覆生成的痛苦凌遲之中，他探找著有個人可以將他拉離無盡的漩渦，一看到那張臉，他就盡可能地抓住，像是緊緊地攀附著漂來的浮木。Sky以為那是夢，卻沒想到，事實是，他在現實世界中，不小心開口向這個男人求救。

昨晚並不是一場夢！

他求Phai哥抱緊他！

唰！

雖然身體沒有起身的力氣，但不代表連拉過棉被、罩住鼻子的力氣也沒有。他用因發燒而仍然發紅的圓滾滾眼睛看向明顯愣住的大個子男人，然後喃喃地說……。

「真的是小惡魔。」

他不明白，所以問了另一件事。

「你怎麼……咳咳咳，進我房間的？咳咳。」

這真的是我的聲音嗎？

Sky還不習慣自己沙啞的嗓音，就像大個子不得不側耳過來，才能聽得懂一樣。心裡想要叫他離遠一點，但他必須先知道發生了什麼事。

「喔，就我對Sky弟下藥，整整折騰你三輪到你失去意識啊。現在，Sky弟從裡到外都是我老婆囉！」每次都忍不住被這男人的亂講話逗笑，但聲音一大，他的頭就開始抽痛，不得不皺眉。

觀者的笑容也消失了，坐到床邊，自動地舉手放到額頭上，無視他的試圖閃躲。

「別動，好孩子。」

奇怪的是，Sky居然願意因為這認真的嗓音而停下來。

「不太燙了。你四點的時候燒得很兇，所以我叫你起來吃藥，記不記得？」Sky搖頭，眼睜睜看著那個人拉開了被子，然後碰了額頭、碰了臉頰，又碰了脖子，沒有力氣反抗，但即便有力氣，他也不會討厭這僅僅是測量體溫的觸碰。

「昨天晚上的事情還記得多少？」

只記得哥一直在旁邊安撫我。

男孩將記得的事情放回腦中，然後搖著頭、回答自己什麼也不記得了。

同時間，拉胡哥給了一個安撫的笑容，但不願意收回放在額頭上的手，接著講起昨晚的事情 —— 他只記得自己被

臭Rain拖去醫院，對住院一晚的事情起了爭執，還有被打針之後就睡了很久——這才知道，好友將他託付給這個男人。他在心中默念，等病好了就要去罵那傢伙，但再想想，Rain並不知道另一方是什麼個性，同時也不知道他們曾經睡過。

對了，那為什麼我沒有睡在醫院呢？

砰！

「喔嗚！」

「別急著起來！」Sky試圖想從床上起身，但太快的動作讓他的頭發痛，還被大個子的男人推了回去、讓他躺回原處，但這不是可以呼呼大睡的時間了！

「我要交作品！」他語帶哽咽。他確定自己的作品還沒做完，再加上還有新生訓練閉幕日的會要開——現在幾號了？有人替他接手嗎？——越是想，男孩就越心急，超級想要有力量可以出門的。

「冷靜！你冷靜！Rain早上有打來說，已經幫你交病假單了，教授同意讓你晚一點交作品，至於系上的事情也不用擔心，其他人會幫你顧，讓你先休息到病好。」他沒看過認真模式的Phai哥，但這個人一這麼做時，就讓他先前的不安煙消雲散，願意好好躺著，但還是不忘反駁……。

「那個文件……」

「去他的文件！先擔心你自己！」

雖然那是他的責任沒錯，但突然間，Sky也覺得……管

他去死！

一那樣想，累積了好幾周疲勞的人再次閉上眼睛，似乎想再睡上一回。

「先別睡，先起來吃飯跟吃藥！」

「我……」

「乖，聽話，別討價還價，然後我也不要聽你說不餓，OK？」聽到話的人閉上嘴，只能眼睜睜地看著對方朝他一笑，然後起身去開冰箱，動作迅速地將粥倒進碗裡、放進微波爐。他忍不住想，原來這愛玩的男人也有認真的一面，然後，奇怪的是，這一面讓他的心有所顫動。

不對，是因為身體不舒服而已。

「來，我幫你。」

對，只是因為不舒服而已，他沒有因為這尊夜叉將他扶起來靠在床頭並把粥拿到他腿上而心跳加速！

「要我餵你嗎？」

不是因為一臉認真、自願餵他的人。

「都弄髒了。」

不是因為飯後很用心幫他擦嘴巴的人。

「吃藥囉～～」

不是因為拿藥跟水杯給他的人。

「睡一覺醒來應該會好多了。」

不是因為這個幫他蓋上被子，然後輕拍他胸口哄睡的男人！

Sky只是身體不舒服，並不是因為這個男人的溫柔而心軟。

拉胡哥只是利用脆弱讓他心軟而已。臭Sky不可以忘記做了一整晚的惡夢，然後呼吸……可以不要那麼急促嗎？

「我可以自己來！」

「最好是！剛才起身還搖搖晃晃的。」

嗯，剛才他心跳加速是因為還發著燒，不是因為對這個人心動！

在又睡了幾個小時之後，Sky再次醒來，但不是因為電話聲、搶走他工作桌的人的打字聲，或者肚子抗議的聲音，而是因為滿溢的膀胱讓他憋不住了，這才讓身體再次醒來，然後因為起得太快而不穩。

他一站不穩，不請自來的室友就衝過來支撐他，用嚴肅的聲音問他要去哪，讓他只能含糊地說想要尿尿。就這樣，溫柔的男人消失了、擔心他的人不見了，只剩下奸詐的男人笑了笑，什麼也不問就將他帶進廁所。

現在還脫下他的褲子，甚至用無辜的聲音說，是看他生病才動手幫忙。

對，是因為生病才會不經意心跳加速，我才不會對這個抓著軟物當有趣的人有什麼感覺咧！

「你放手！」

「不行，站都站不穩，如果頭撞到馬桶，我會覺得愧疚

的，都照顧你那麼久了。」

一個晚上才不叫久！

但Sky又無法擺脫對方照顧自己一晚的事實，但那件事跟這件事不一樣好嗎？

「我要尿尿了。」

「就尿啊。我都看過了，別害羞。」

男孩瞪著眼，但不知是否因為生病了，無法讓被看著的人退縮。相反的，Phraphai趁著那個機會，將他的褲子拉到腳踝，讓他連嚇到的時間都沒有，又無法彎腰將褲子拉起來，因為厚度不輸臉皮的手已經抓著他的核心部位、指向馬桶了。

「好孩子，放吧。」

「放開啦！」

「對啊，放啊，我幫你抓好了。」

我是叫你放手啦！

Sky在心裡大叫，但現實中，他也只能因為太想尿尿而面色猙獰。光是要克制住有人抓著自己私密處的顫慄感就已經夠難了，但對方安撫似地又握又摸，搭配上耳邊像是在教小孩第一次使用尿壺的低語。

「放⋯⋯放開啦！」他的請求近似泣音，快要忍不住了。

Sky不可以！如果尿出來，臉就沒有地方擺了。

「乖孩子，不是想尿尿嗎？放出來啊。」

才不要！誰要尿給你看！

「小Sky快尿。」

不要……。

嘩〜〜〜

「嗚……」

Sky只能用雙手摀住臉，一點尊嚴也沒有，他聽著液體流進馬桶的水聲，往後靠著在他耳邊稱讚的大個子身上，那人幫他甩乾淨後，彎下身拉起褲子，重新幫他穿好，除此之外，還把他拉去洗手，並在他要求要洗臉時，幫了一把。等到重新回到臥室的時候，Sky除了鑽進被窩外，什麼也做不了。

大概只有在光天化日之下裸體比這個更羞恥了。

「Sky弟的那裡好可愛唷！」

如果……如果該死的拉胡哥能幫忙將這件事收在盒子裡就太好了，但愛鬧的人偏偏要拿來笑他，讓他只好抓起柔軟的枕頭，往大個子的方向丟去。

「害羞喔？好嘛，Sky弟的那裡不太會用到，這個大小剛好很可愛。」

Phraphai不只是嘴上說，還走過來坐在床邊，隔著柔軟的棉被摸著他的頭髮，乍看非常溫柔，如果沒有那句羞辱的話及笑聲的話！

雖然滿確定自己這輩子不會用它來進入誰，但這不表示可以被拿來嘲笑病人啊！

Sky確定，剛醒來時所產生的好感只是幻想罷了，當被摸了很久的頭、被笑了很多次後，男孩從被窩裡鑽了出來，用鄙視的眼神掩蓋羞恥感，看著另一方，然後用更加清冷的聲音說：

　　「我有說過，我討厭你嗎？」

　　如果以為會看到一張難過的臉，那就錯了，Phraphai笑到眼睛都瞇了，甚至身體還湊了過來，讓病人無處可逃。他用兩隻手捧著Sky的臉頰，不讓他躲開，用極具魅力的蜜色眼睛盯著看，像是有什麼意圖，然後輕聲低語。

　　「那我有沒有說過，我喜歡Sky？」

　　「……我沒有想知道。」

　　但不想知道的人又紅著耳朵、撇開了臉。

　　他覺得熱是因為生病。對，就是因為生病。

　　同時間，看到這樣子的人大笑。他不可能沒看見那些紅暈。

　　「你笑夠了沒有？我要睡覺了。」

　　「睡啊，我沒有不讓你睡。」

　　「誰睡得著！」被這樣盯著，睡得著就神了。

　　「那我陪你睡。」Sky用眼神譴責，但Phraphai卻厚臉皮地在他身旁躺下，讓他睜大了眼睛，挪動身體、逃到床的最邊緣，嘴上也惱怒地說著：

　　「別躺那麼近，我等下會做惡夢。」

　　「誰說的，那我身邊只會有好夢喔。」但Sky仍堅持睡

在床沿，並且認為在有人這樣盯著看的情況下，自己是不可能睡著的。但錯就錯在，他再次閉上了眼睛，在被拉進懷抱裡時，幾乎沒有注意到，然後聽見近處有個聲音說：「晚安！」

幾周以來，Sky一直被惡夢所擾，但一被溫暖的懷抱環繞，耳邊還有柔和的嗓音持續低語著，那些惡夢便沒有來糾纏，他反而睡得很熟，熟到緊抓著溫暖不放，甚至不知道是自己將身體更挪近那個懷抱。

感覺……好到不想要離開。

「我的病好了，你可以回家了。」

「嗯哼，比射後不理更渣就是這種，用完就丟耶！」

在Naphon同學的房裡，身為主人的男孩在太陽即將告別天際時再次醒來，感覺身體比原先舒服了許多，雖然仍有些發燒遺留下來的昏沉，但大致來說已經好了不少，起身不會不穩、頭也不暈，因此也到了請專屬看護回家的時候了，但聽到這話的人卻出聲抗議。

「難道你要一直霸占我的房間嗎？」Sky用話刺他。

「可以喔？那我先回家打包行李。」至於Phraphai則用興奮的回答對應譴責的眼神。

「吼～～Sky弟，你或許不會喜歡我，但對我一點心軟也沒有嗎？我細心照料你一整晚，端茶倒水擦身體，帶你去上廁所，為你做了每一件事，可是你一好起來，就覺得我沒

有利用價值、想要趕我走。就算我臉皮很厚，但心可是很易碎的。」如果說話的人臉上的表情可以更難過一點，或許會心軟些吧，但邊憋笑邊說，誰會心軟啦？

雖然良知不斷地向Sky咬耳朵說，對方講得沒錯，但管他的！

他也不是不懂回報的人，但另一方想要的東西卻不是他想給的。

「你想要什麼？」於是Sky也不迂迴了，直接問出口。

就這樣，俊帥的臉上露出了一個壞笑。

「Sky應該知道我想要什麼。」

第一次協議的記憶在腦海中一閃而過。

他那時候也問了Phai哥，他必須做什麼才能帶他離開那個賽車場，然後大個子男人就說了這句話，讓原先像被投藥而綻放的好感瞬間枯萎，軟化的眼神再次堅定起來，甚至帶了些厭惡。

「我不給。」那次因為是陌生人，以為一晚就結束了，他才會願意，但都變成了認識的人、有可能會有更進一步的關係，Sky就不願意了。

「那就表示你不知道我想要的是什麼。」

「怎麼會不知道，你只是想睡我。」男孩不知道為什麼這個男人如此惦記他，要說是因為Sky在性事很有經驗，但Phai哥怎麼看都不缺床伴，要找到比他更好、更厲害的人並不難，那還來跟不知道拒絕過幾次的人糾纏什麼。

「對，我想跟 Sky 弟上床。」

好感度直接掉到負值。

「但那樣想是好幾個星期前的事情了。」

男孩突然閉了嘴，不明白地看著大個子男人起身走去拿晾在陽台的衣服，但他也不問，只是撇過頭去，在 Phraphai 脫掉屬於他的球褲、丟進籃子裡，接著開始將衣服穿回它該有的樣子，直到穿戴好後，那個能減輕疑惑的男人才走了過來、停在他的面前。

那雙蜜色的眼睛很坦誠地看了過來。

沒有狡詐、沒有在玩，只有不熟悉的認真。

「在我跟 Rain 要你的電話時，我只想著要再跟你做一次，但我現在的想法變了……我要認真了。」

「……」

聽到這話的人仍保持沉默。

「我想從你身上得到的東西其實並不難……讓我好好追你。」

「蛤？」

Sky 瞪大眼睛、不敢相信自己的耳朵，然後看見大大的笑容及那雙自信的眼睛，隨之而來的還有忍住笑意的嗓音。

「只要不封鎖我、偶爾接我電話、回我幾次訊息，然後不要每次見面都躲我就好。你看，不難吧！」狡詐的男子只要求這些讓他訝異到瞇起眼睛，他承認，心裡大半是不相信他的話。那傢伙說要追就讓他追啊，他相信自己的心夠硬，

但希望對方是真的只有這些要求。

「我只求這些。」

Phraphai給了他的懷疑一個保證後，就走去拿這幾天帶來工作的筆電包，接著轉身給了一個笑。

這個笑容讓心很硬的人只能身體僵硬。

夕陽西下，一天中的最後一縷陽光灑在深邃的臉龐上，凸顯了這個男人出眾的魅力，他的眼睛閃耀著光芒，燦爛的笑容讓Sky眼花撩亂，而那些，是Phraphai正獻給他的，獻給他這種一無是處的人。

男人帶著自信說。

「只要Sky不躲我，我有信心自己有足夠的優點讓你喜歡。」

怦怦！怦怦!!怦怦!!!

那一秒，胸口傳來的心跳聲也跳得更快了，快到讓他不得不撇頭逃開。

他是怎麼了？

「今天是看在Sky不舒服的份上，我才願意先停在這裡，但可別以為其他時間，我也只有這樣的攻勢喔。」Phraphai開心地笑了，他穿過前方走向房間門口，然後打開，讓生病的人深深地吸了一口氣。

「你的攻勢再猛烈，我也不感興趣。」

但聽者的笑容卻變得更大。

「那我們就等著看結果如何吧！」

砰！

房門被關上了，Sky也坐回床上，但並非因為生病而無法站立，而是心臟跳動的頻率仍快得不正常，快到他得緊緊地抿著嘴，突然間，他覺得自己無論如何會心軟，這讓他不得不甩甩頭，將這個想法拋出腦外。

曾遇過那種事的人要如何能對這種人心軟啦！

但Sky又無法否認自己欠了Phai哥的事實。

他一定會報答的，但不是用那種把身體拿去交換的方式。

男孩再次用力地搖頭，將轉瞬即逝的念頭通通怪在高燒上，如果是平常的時候，他才不會這麼猶豫！他站起身，重新思考自己還有哪些事情要做，試著去擺脫關於那個男人的事情，但這一想，頭就開始痛了。

他有要交給教授的作品，而且還沒算上明天是大一新生訓練閉幕日的事情，於是男孩也不遲疑了，立刻打給朋友問些事情。

Sky犧牲奉獻了好幾個月，就是為了明天的大一。

他們系上新生訓練的閉幕日可說是年度盛事，有從傍晚一路到隔天一早的活動，又累又辛苦，但有助於讓學弟妹理解並喜愛這個系，他自己是從去年便印象深刻至今，並且也想讓學弟妹有相同的感受，所以就算心裡說撐不下去了、就算再累，Sky仍咬著牙盡力扮演好自己的角色，然後明天，就是看到這令人激賞的成果的一日。

還好高燒及時退了，他可不想錯過明天。

「有什麼需要我幫忙的嗎？」

〔你去休息睡覺啦，好起來之後，明天再來一次吧，無論如何都要待到早上。〕

Six 的話讓他放寬了心，看到連 Rain 這個幾乎不太碰活動的人都下來幫忙處理他的部分，還有許多同學一起來幫忙，又有什麼好擔心的呢？因此，如果有人說參加新生訓練沒有任何好處，Sky 會說才不是呢，看看他們之間融洽的愛！

每一項活動都會帶來好處，取決於用什麼角度去看而已。

Sky 還沒注意到自己講了多久的電話，直到敲門聲響起，他才走去開門。

「你忘了東西嗎？」

「嗯，我忘了。」站在他房門口的，依然是同一個男人——那人舉著裝著保麗龍盒的塑膠袋給他看。

「忘記幫病人買晚餐。你今天就不用出門了，先休息、把病養好。」說話的人將塑膠袋塞進他的手裡，這讓 Sky 不禁懷疑地看著那張深邃的臉，不知道另一方是從哪顆樹爬上來的，但 Phraphai 卻送了一個笑容，簡單地說：

「那我真的要回家了。」

一講完，那個說今天願意先撤退的人就轉身走向樓梯，留下懷疑的人一下子愣在那裡，然後下了決定。

對，他一定是病了。

抓！

「嗯？」

啾！

「我不喜歡欠人家，謝謝你的晚餐。」Sky無視大個子男人露出的驚訝模樣（在他抓住手臂、湊上去很快地親了臉頰一下的時候），他不耐地喃喃自語，然後放開手、迅速地轉身回去房間。

他最後看見的是，一臉震驚的Phai哥。

砰！

房門再次關上，房間主人也咚的一聲坐倒在地上。

Sky還在強調他那樣做只是不想欠別人，再加上自己真的是病了。

叩！叩！

「下次，哥不會讓你逃走了唷！」

站在門口的人丟下這句話給他，然後才聽見沿著走路的腳步聲，留在房裡的人抓著胸口、對自己輕聲說：

「你抓不到我的。」

就在這時候，心裡微微的聲音問了：

Sky，你確定嗎？

這一秒，Sky也不太確定了。

◈◈ 第八章

新 訓 結 束

……今天身體還好嗎？……

……病還沒好的話，要打電話給我……

……我很擔心你……

Naphon同學正看著手機螢幕，不知道該笑還是該發愁。

至於傳訊息來的不是別人 —— 就是確定已經被解除封鎖的那尊黑夜叉。

原本，他刻意要起床去上早上的課，但醒來時有些頭暈、全身上下也酸痛得很，於是就認輸了，躺回去再睡了一頓，就這樣一直到了下午，生病的人才帶著全身舒爽的感覺再次清醒，並準備要出門參加從今天晚上一直到明天一早的新生訓練閉幕。他跟自己發誓，明年不會再這樣了。

把該做的事情推給別人不是他的習慣。

雖然系學會的成員不少，朋友們也都可以替他處理各種事情，但他還是忍不住感到愧疚，暗自承諾明年要再來一次，且絕不會再像這樣倒下。

因此，他才會在打電話給好友時，同時也看到那些訊息。

「手機是會自己解鎖還怎樣？……那位哥都已經得到報償了說。」

男孩偏了一下頭，看著手機螢幕、覺得心累，他的手機應該還沒有爛到會自動解鎖並自己傳Line出去，比較可能是有人在他病懨懨的時候自己弄的，而且Sky也很確定，就算Rain再怎麼賣了他，也絕對不會講出他手機的解鎖密碼。

看來比較可能是某個騙子拿他的手指代替密碼去解鎖。

就在Sky考慮要不要生氣有人去動他手機裡的資訊時，一打開Line，就看到原本寫著「神經病」的名字被換成了「最帥的拉胡哥」，同時這個「拉胡哥」的名字也讓男孩覺得，他是不是應該先大笑比較好。

對，就是有人會眉開眼笑地承認自己皮膚黑。

鈴～～～～

還沒決定好，手中的電話就響到得趕快接起來。

「哈囉？」

〔欸Sky，你醒了沒？我在你宿舍樓下囉！〕

「OK，我等下就下去。」Sky嘴上答著，抓起東西、鎖門，然後下樓去找在車裡的Rain。

「其實你不用來接我也沒關係，學校那麼近，我可以自己去。」一上到冷氣開得很涼的車裡，Sky這麼說。

「最好是，太陽那麼大，如果你在半路昏倒怎麼辦？我來接你比較好。」小個子好友討好著，並給了一個微笑，讓人不得不嗆他：

「這麼擔心我的話，那為什麼把我還託給別人照顧？」

看吧，他一戳到點，那人臉上心虛的笑容就慢慢消失

了，取而代之的是讓他不得不搖頭的歉疚。

「開玩笑的，我知道你並不想把我託給別人。」他怎麼會不懂，做要交的作品做到連睡覺的時間都沒有，哪有時間照顧發高燒的病人，能盡力找到人來照顧他已經夠好了，即使對方是Sky連躲都來不及的人，而且同樣無法否認的是……對方照顧得很好。

「Phai哥沒有對你做什麼吧？不然我叫Phayu哥去處理他。」

Sky不禁懷疑起真的有人可以處理得了像鰻魚精那樣滑溜的拉胡哥嗎？

「不用不用，就像你看到的，我病都好了。」他不是擔心Phai哥喔，是真的沒有被怎麼樣，只是被擦澡、餵飯，還有帶去上廁所……。

「你確定撐得住？臉都還潮紅的耶。」

「我剛病了三天而已，臭Rain！好得了才奇怪，你聽聽我的聲音。」剛才聽話的人嚇了一跳，他抬手碰觸自己的臉頰，確定自己不是害羞，更多的是感到羞恥，被好友這麼一問，他也才想起擦澡得脫衣服，那麼他還確定自己完好無缺嗎？

應該不會吧？占病人便宜也太混蛋了，Phai哥不是那麼爛的人。

男孩眉頭緊皺，他剛才居然幫那個男人辯護了！

「你今天晚上要先回去嗎？」

「不要。」

好友問了另一件事，Sky很堅決地再次強調。

「學弟妹都可以待完整個晚上的話，我也要能夠待在那裡一整晚。」他們都經歷過一年前新訓的閉幕日，很清楚在又熱又累又想睡覺的情況下有多難熬，需要多少忍耐才能夠待上一整晚，但當他進到系學會、跟學長姐們一起工作之後，他才知道在自己疲憊的背後，學長姐們其實更加辛苦 —— 又要準備活動、又有各式各樣的會要開，像是跟教授協商、做概念發想等等 —— 總而言之，就是從開學一路忙到現在。如果其他學長姐都可以活下來，他現在身為學長姐的一員，也同樣要可以待得住才對。

這就是他們系上的牽絆。

學弟妹疲憊，學長姐也一樣辛苦，他不想用「病剛好」當作藉口，另一方面，他很願意跟隨學長姐傳承下來的傳統，並且一樣想傳遞給下一屆、令他們印象深刻。

他一個人是辦不到的，但他有想法相同的學長姐及同學。

「我就說你不會錯過的。」Rain也很懂他，只是意思意思地阻止了一下。

「還好你是前幾天生病，如果是今天昏倒的話，你一定會哭死。從一開始就在幫忙辦活動，卻沒有看見最後的成果。」對，他會很失望，但才不會哭。他很確定Sky本人已經很久沒有哭過了，最多也只是泛淚，而明天早上如果看到

學弟妹哭的話，或許也會熱淚盈眶。

「大概吧。」

也許，他能這麼快復原，跟得到良好的照顧有關。

Sky將頭倚在車窗玻璃上，任好友將這幾天發生的事情說給他聽，像是每個同學都很擔心他（但因作品做不完而沒人來看他），學長姐也有問到他，於是LINE群組裡滿是問他怎麼了的訊息，還有那些沒接到的電話，不過Six告訴他不用回撥了，因為這個小個子好友替他向每個人報告過了。

就在放任思緒飄忽的時候，Sky拿出手機、看了一下，然後……將過去一個月都沒開過的東西打開來看。

他看了Phai哥的每一則訊息，從還沒被封鎖到現在的每一則。

Sky確定自己沒有心軟，因為他一則訊息都沒有回，他只是如Phai哥想要的那樣，以讀完所有的訊息作為回報。

知道，但不回應，因為回應或許會帶來失望。

「在笑什麼？」

「沒事。」

好友這一問，讓Sky抬手輕觸自己的雙唇，因為……。

……哇嗚！Sky弟讀了耶～～～……

也不知道是不是有人工作不做就顧著看手機，突然間就有新的訊息跳出來，讓他嘴角又抬得更高。

……不回也沒關係，只要你已讀，我就開心了……

Sky趕緊鎖上螢幕、將手機收進包包，不理會它又閃了

幾次，因為他不想再愛的心突然又……悸動得令人感到害怕。

大概是因為藥的作用吧。

「學弟妹休息時間的零食在哪？」

「你去問 Jai，那是他負責的。」

「有人能去準備一下學弟妹的飲水嗎？」

「啊！有學弟妹昏倒了，有人有鼻通嗎？」

「你去把人帶出來。」

當黑夜籠罩天空之時，節奏歡快的鼓聲不停從新生訓練的教室傳出來，大一學弟妹剛通過了唱系歌的嚴肅考驗。與此同時，教室外頭也一樣混亂，雖然準備工作已經做得很齊了，但還是有這個要處理、等下那個要調整的，總是有人跑進跑出，而 Sky 本該是其中一人，但是……。

「有什麼要我幫忙嗎？」

「病人坐著就好！」

一問同學，對方就指著椅子、叫他坐著就好。上次在教室裡昏倒讓人擔心得要死，今天仍舊臉色蒼白、弱不經風的，誰敢使喚病人啦！

Sky 問過好幾個同學了，他們都異口同聲地叫他什麼都不用做，但連 Rain 都去幫忙學長姐了，本該跟其他人一樣忙碌的他卻坐在這裡，這讓他感到很愧疚啊。

「Ran 學姐，你有什麼要幫忙的嗎？」

既然問同學不行，那就轉過去問身為今年負責帶訓練的大三學姐，而那個女生走了過來，用手摸摸他的額頭。

　　「摸起來還燙燙的。」

　　「我好了啦，讓我不要動才會病死。」

　　「哈哈哈，其實是滿想使喚你的，但Sky轉頭去看一下，你同學從剛才就緊盯著我了，真的硬是叫你去做事，他們可能不會在乎我是學姐喔～」Ran學姐用手上的錄音帶敲了敲頭。

　　「去跟教室裡的大二坐在一起吧！無法像先前那樣做事的話，就去幫學弟妹加油打氣囉。」

　　「好不想生病喔。」

　　「但病了有人照顧啊。」

　　「蛤？」Sky瞬間抬起頭、瞇起眼睛，心裡抓到那個壞蛋了——臭Rain又再度把我賣了嗎？

　　他一睜大眼睛，女生就忍不住笑了出來，然後湊過來在耳邊悄悄說：

　　「Sky，你不知道我男友跟你住同一棟宿舍嗎？」

　　好，抓到新的壞蛋了，一定是Joy姐。

　　「只是認識的人而已。」

　　「我可沒說是你的男朋友喔。」

　　「我去跟教室裡的人坐在一起也行啦。」

　　平常的Sky不太會被影響，應該會笑學姐想太多了，但這次，他卻在被鬧時沉默了，然後放棄在這裡幫同學的忙、

願意走去找教室裡的其他人。他一樣不太明白，為什麼講到Phai哥就全身發熱，大概是因為這兩天來被照顧的感覺仍鬱積在心裡。

這樣下去就糟了，必須得斬斷它！

這時已經是凌晨一點多了，教室內的新生訓練仍持續在進行著，雖然明顯可見有幾個學弟妹在打瞌睡，但學長姐並沒有去罵人，只有對學弟妹疲累的同理心，然後也更沒有人去對請求先回家的學弟妹說些什麼，無法待到結束並不代表他們不是真正建築系的孩子，每個人都有自己的理由，而學長姐們也理解，他們只想為了那些仍打死不退的學弟妹們將活動做到最好。

不過夜越深，要擔心的事情也就越來越多。

「為什麼要在今晚下雨啊？」

從天上傾盆而下的大雨讓出來呼吸新鮮空氣的Sky嘀咕著，一臉的不悅，但他擔心的不是自己。

「學長好。」

「你們好，學妹要回去了嗎？」

Sky轉過頭，用不太好的臉色接下了學妹們的拜禮，這讓四個女生花容失色、膽怯地點點頭。

「有辦法回去嗎？看樣子雨不會停，這樣出去等下會生病。」他並不是要罵學妹們沒待到最後什麼的，而是擔心她們會冒雨出去，還有這整群都是女孩子，可是現在已經一點

多了，不過Sky的反應讓學妹們面面相覷。

「沒關係，我們有雨傘可以出去。」

一把傘可遮不了四個女生。

「那在這裡等我一下，我去拿傘給妳們。」他剛才看見同學撐了一把傘走去另一棟大樓，應該還有好幾把，於是他對學妹笑了笑、叫她們在這裡等一下，然後作勢要冒雨跑去大樓拿過來給她們。

「該死的Sky!!!」

就在Sky差點要把頭伸出去的當下，好友大吼著、從另一端衝了過來。

「你在幹什麼鬼？」

「你才是吧，大叫什麼鬼？學妹都嚇到了，然後我是要去拿傘給學妹。」Sky回答，而好友馬上齜牙裂嘴。

「瘋了嗎？你才剛去醫院吊過點滴，這樣冒雨跑去，回來再待上一整夜，等下馬上就死在這裡……學妹要出去校門口是嗎？那我開車送妳們過去好了，但現在那麼晚了，回家的路上不太安全吧？」Rain唸完好友，又轉過來擔心地詢問學妹。

「對啊，所以我才要去拿傘給她們，不然回程遇到下雨，就算有你開車送她們去校門口，回到家也還是會生病。」這次Rain點點頭，不過仍指著Sky命令道：

「那我等下去拿，你在這裡待著。人都不舒服了，還要逞英雄。」說完，小個子好友就冒雨跑去另一棟大樓，這讓

學妹們看了看彼此的臉後，又轉過來看著Sky。

「學長不舒服嗎？」

「有一點。」他的聲音仍有點沙啞，這讓其中一個看起來比較勇敢的學妹開口問：

「那學長為什麼不回去休息呢？」

這個問題讓Sky笑了出來，很認真地回答：

「學弟妹們都還待在這裡，那我又怎麼會沒辦法待著呢？」

「嘿，Sky！Ran學姐在找你，她找不到禮籃店的電話，你有嗎？」Sky沒注意到他說完這句話後，學妹們是怎樣的表情，因為另一個同學大聲在叫他，於是他託朋友陪學妹等Warain回來，然後自己趕緊去尋正在找自己的學姐。

「學妹們要怎麼回去呢？」

在Sky的背後，他的同學一樣擔心地詢問學妹，這讓那一群學妹看了看彼此之後，其中一個人說出：

「學長，我想我們改變心意了。」

如果學長姐能為他們做到，那他們又為什麼不接受學長姐的好意呢？

「煩死了，到底哪來的雨？」

就在那端的Sky擔心著要先回家的學妹之時，曼谷另一端，在市中心馬路上舉行的賽車比賽突然也喊停，因為被風帶來此地的細雨讓地上溼答答的，即使雨沒下幾分鐘就停

了，也不會有人想在這隨時會發生意外的馬路上競速。

Phraphai無聊至極地抱怨著。天氣預報明明就說今天一整晚都會是好天氣的啊！

不遠處，Phayu——那個將頭髮隨意綁在背後的狂野帥哥——正指揮著屬下將改裝過的重型機車搬上貨櫃車。

這場賽車比賽並非一般不良少年的活動，而是權貴人士下令在夜間封路、為他們的成員開闢來挑戰極速的賽道，一般人是無法進入的，而為數眾多的豪華重機正一台接著一台駛離會場，樣子非常地掃興。

「這樣正好，今晚我趕時間。」但Phayu不在意地聳著肩。

「跟你老婆有約喔？」

聞言的人勾起嘴角，眼睛如獵鷹一般地銳利。

「看你的表情就知道答案了。」Phraphai大笑，又一次想起那傢伙老婆的好朋友。

今天他守著手機一整天，還跟爸爸請假、讓自己有空閒，但手機卻一點聲響都沒有，有也是斷光的前任情人，至於他等的那個人卻只讀了訊息，沒有任何回覆，讓他不知道該感到灰心還是好笑。

其實，應該是擔心比較多。

那小孩今天晚上還會不會做惡夢啊？

那個與Phraphai個性相違的嚴肅表情，讓Phayu開口詢問：「你要跟我去嗎？」

「去哪？」Phai轉頭看著好友，然後假鬼假怪地瞪大眼睛。

「謝謝你約我，但我對3P沒興趣。」Phayu的眼神立刻凶狠了起來，讓他趕緊將手舉到與肩同高的位置。

「我說笑的，開玩笑而已。所以你要約我去哪？」

「去……」

「Phayu哥、Phai哥，你們好。」

Phayu話還沒來得及說完，他們就得先轉頭看向來打招呼的聲音，接著見到了消失許久的人們。

「噢～～是Petch跟Gun，你們好久沒來了。」另外兩個人也是這個活動的成員，曾經見過幾次面，而Phraphai感覺得到他們很敬重自己。

「我比幾次就輸幾次，不像Phai哥一樣，怎麼比都贏。」Petch興奮地說，眼裡冒著星星，然後才轉頭看著自己朋友的臉。

「哥讓Gun失去了自信，上次他徹底輸給了哥。然後這個人呢，就毛很多，因此我們才不太常來露面。」

「嘿！我可沒有。」

Phraphai大笑，不在乎年輕一點、有穿眉環的那個人心急火燎的樣子，就算他們在背後罵他，他也不會生氣，至於他自己是無論場上是輸是贏，出了賽車場後，大家都還是可以稱兄道弟。

「那今天是來扳回一城的嗎？」聽到這話的人突然搖搖

頭。

「不是的，Phai哥。只是很久沒來了，所以順道來看看，不敢再跟哥比賽了。」Gun回答。

「但很可惜今天下雨，只好下次再見了。Phayu哥、Phai哥，我們先走囉。」Petch補充說。兩人道別之後，就一起上了一台歐洲車，往另一個方向駛離。而又再次回到原本狀態的兩個人，優秀車手轉頭看著白天是年輕建築師、晚上為改裝重機的大技師，用眼神代替開口問問題——剛才你說到一半的是什麼事情？

「我正要去那所大學。」Phayu說得簡單。

「現在這個時候？」聽者低頭看了手錶，告訴他現在快凌晨兩點了。

「今晚是我們系上新生訓練的閉幕活動，一直到隔天早上才會結束。去年我沒去，所以今年想去幫學弟妹繫手環。」Phayu一臉平靜地說，但錯就錯在那雙發亮的眼睛，讓聽的人瞇起了眼睛。

「我說，你其實是想要去幫你老婆繫手環吧。」聽說Rain是Phayu同家族的學弟，只不過Phayu一畢業，Rain才進大一，這表示他去年錯過了幫他老婆繫手環的環節，那狡猾的眼神說明了所有的把戲。

「你是要不要去？」

「去啊！」

他當然只有唯一的答案。雖然不知道給不給外人進去，

但厚臉皮如他，誰也趕不走 Phai。

在意外的夜裡可以看到 Sky 的臉，完全是從天而降的幸運。

沒幾個小時之後就要天亮了，不只是學弟妹邊唱歌邊打瞌睡，好些學長姐也成排地向因陀羅神點著頭，於是沒有人發現看似痊癒了的病人正蜷曲著身子、坐在角落，雙手懷抱胸口，他平靜的臉上有著異樣的蒼白，臉的四周還冒著冷汗，因為再次燒起來而昏昏沉沉的。

必須吃藥！

腦子低聲提醒著，但身體尖叫著說需要休息，除了改變姿勢以外，它不想再做任何移動了。

他可以請同學幫他拿藥來，但又怕會讓他們擔心，於是想要休息一下，等有力氣了再自己去找藥來吃。只剩下幾個小時就要結束了，等下會為了揭露所有的臥底而下最後一次的懲罰，替學弟妹製造感動、繫手環，以及為先前的一切致歉，然後會有栓繩祈福的儀式……腦海中看見一幕幕的畫面，但身體卻抗拒著，說沒辦法撐到活動結束。

「又逞強了嗎？」

在高燒侵襲之中，Sky 恍惚地撐開眼睛，看見一個面熟的人坐到他的旁邊，而且問都不問就將手覆到他的額頭上，直到他瞪大了眼睛。

「Phai 哥！」

「很開心你今天願意喊我的名字。」嘴上開著玩笑，但那對漂亮的眼睛裡卻閃爍著擔心，不像每一次那樣愛鬧。

「藥吃了嗎？」

Sky沒有跟同學說，但他卻用搖頭告訴了自己專屬的看護。

「那我去找藥來給你。」

「別跟我同學說。」同學們一擔心起來，那群人可能就不會讓他待到結束了。而Phraphai雖然裝出一臉嚴肅的樣子，但還是點頭答應。

「等我一下。」說完就起身走向另一個方向。

Sky看著他的後背，然後再將視線轉移到四周，他這才知道Phai哥是怎麼進來的，因為他看見Phayu學長跟Rain站在一起。

這個活動沒有禁止校外人士參與，每年也都會有系友們來，Phai哥大概也是跟著Phayu學長來的。他一邊將頭靠到牆壁上，一邊也鬆了一口氣，好友大概不會來干涉他的病況了，應該會忙著守護他的男友才是，光是有些學長姐、學弟妹走過去而已，他的眼角就垂下來了。

「先吃藥吧。」

這個人也一樣的出眾。

男孩感受得到有好幾對目光跟隨著Phraphai，一副想認識的樣子，但這對棕色的眼睛正掃視他整張臉，在審視他狀況的同時，也遞上藥跟水瓶，而病人也不拖拖拉拉，乖乖地

將藥跟水吞了下去。

「撐得住嗎？」

「不管撐不撐得住，我都要待到最後。」他先發制人，於是那人聞言先是皺眉，一會兒後才露出了笑容。

「是的，老婆！沒問題！遵命，長官！」Sky知道對方在逗他，但這什麼老婆的，還是讓他皺了眉頭。

「不要這樣，我是說給你笑的，別做出那種表情，等下又要頭痛了。來來，活動還有好幾個小時才結束吧？過來靠著我。」Phraphai拉著他的頭、靠到肩膀上，而Sky則奮力抵抗著。這裡不是Phai哥的公寓、也不是他的宿舍，怎麼可以在大庭廣眾下窩到肩膀上？是有沒有腦子啊！

「不然我帶你回宿舍囉。」

Sky差點要反駁說，哥有什麼權力這麼做。當被又大又厚實的手強迫靠在肩膀上時，他也不太情願，但讓男孩不反抗的主要原因是隨之而來的緊張聲音。

「別讓我太擔心你。」

他應該要反抗、堅決拒絕的，但卻……伸手去抓大個子後面的衣服。

「我不覺得好笑。」男孩愛睏地呢喃。

「等你好了，我再逗你笑。」

「才不好笑。」生病的人含糊不清地爭辯。

「不逗你笑也罷，我覺得讓其他事情成真比較好。」

「什麼事？」

這一次，Phraphai沒有回答，只是在耳邊笑著，而Sky也沒力氣問了，他只是安靜地窩著、閉上眼，讓所有意識都淹沒在睡意之中。越是被一隻大手摸著頭髮、哄著入睡，他便沒有意識到不過才生病被照顧了幾天，就習慣這樣的觸碰了，習慣到整個人往Phraphai縮去，心也放鬆了下來。

　　Sky像是沒有意識般地呢喃：

　　「謝謝你來找我。」

　　謝謝你……照顧我。

　　那個人不知道脫口而出的話讓風流的男人用多麼溫柔的眼神看著他，第一秒看到男孩昏昏沉沉時的著急被胸口的炙熱給取代，然後Phraphai對倚靠著他睡著的人低語：

　　「讓它變成真的，好嗎？」

　　讓Sky真的變成哥的老婆。

　　Phraphai不自覺地將生病的人摟得更緊。

🏁🏁 第九章

敞 開 心 扉

「你怎麼會來？」

「躺～靠在我胸口睡了快一小時，一好起來就記不得了。」

要用什麼表情說記得啦！

之前他在不舒服，不經意做了什麼的話，都是發燒的錯！

Sky吃了藥、退了燒，在小睡了一小時後醒了過來，男孩同時發覺有許多視線正盯著他看，於是就趕緊從專屬的枕頭上起來並詢問Phraphai，語氣裡帶著困惑，並且用防備的冷臉掩飾住胸口蔓延的陌生感受。

人在體虛的時候，心神就容易不穩。

至於Phai哥則嘟嚷著、露出可憐兮兮的神情，翹著嘴令人心煩。

「你喔，我一知道這是場跨夜的活動，就擔心得跟著Phayu來了耶。幫你找藥吃、還當枕頭給你躺，但好心似乎沒有好報，附近的某人都沒看出我的價值，不管做什麼都不對，對人家好被覺得不懷好意，擔心他又被說是裝出來的，大概是我沒什麼長處吧。」

一開始還覺得歉疚，但現在心煩！

「是真的喔！哥讓你靠在他身上好久。」一個經過的同學說，甚至還有贊成的聲音跟默默的點頭支持，這讓Sky好奇，拉胡哥在自己睡著的時候，到底耍了什麼猴戲給他們系上看？為什麼這麼多人站在他那邊？

「OK，我道歉，我還迷迷糊糊的。」

不過Sky仍是那個回答冷淡的Sky。他起身走往另個方向、逃開同學們的視線。大個子的男人則緊跟在後。

「你幹嘛跟著我啦？我要去上廁所！」

當被人亦步亦趨地跟著，Sky回過頭、看著對方的臉，用更加認真的表情問。不過他心裡卻不確定，自己這麼做是不是其實在掩飾什麼。

他真的覺得Phai哥很討厭嗎？

摸！

大個子伸手摸了他的額頭，比較了一下兩人的額溫，讓他不得不撇開臉。

「好多了，燒退了。」

瞬間心軟。

這時不只有棕色的眼睛認真地審視整張臉了，厚度不輸臉皮的大手也溫柔地摸著臉頰，確定他沒有再次發燒，好看的嘴角露出了放心的微笑。Sky不知道這是真心的表情，還是為了讓他心軟而裝出來的。

他試圖以為是後者，但內心卻大喊 —— Phai哥沒有假裝！

Phai哥不會虛偽地對他好，不像他以前遇過的人一樣。

你確定？不是說心意堅定嗎？怎麼看到他對自己好一點就心軟了。

「你別來擔心我，把時間花在其他事情上面比較好。」於是男孩打斷了話題，轉身走向走道尾端的目的地，但⋯⋯

「Sky弟沒有權利命令我。」

呃！

他不應該有任何感覺，不是嗎？那為什麼一聽到Phai哥說他沒有權利，就一步也跨不出去、雙唇也抿得死緊？雖然他在理智上也接受這男人說的事情——他沒有權利去命令Phai哥做或不做什麼——但為什麼還是覺得全身發麻，連轉過去看對方現在的表情也不敢？

他的身體只能靜靜地站著，即使那寬闊的胸口正貼上他的後背。

他保持著沉默，即使那雙手已經環住他的腰，深邃立體的臉俯了下來、靠到他的肩頭上。

「我要擔心誰、喜歡誰，是我的權利。」

「我⋯⋯我知道了。哥可以放開我了。」他可以自己解開Phai哥的手，但他沒有，只是站著不動、讓身體因環繞在腰上的溫熱觸感而微微顫抖，接著大個子也收緊了自己的懷抱，將整個人推近到幾乎要碰觸到前方之人的每一個部分。

快退開啊！

「但要我將所有權利都交給Sky弟也可以，如果你要的話。」

僵直站立的Sky轉過身，接著看見了一個寵溺的笑。在此同時，Phraphai伸手觸摸他的頸項，指尖輕柔地滑過柔潤的肌膚，讓Sky豎起雞皮疙瘩，雖然慾望沒有被挑起，但仍然感到全身麻癢。血液瞬間從頭頂沖到了腳底，再從腳底湧上了頭部，可他的視線卻無法從這雙眸色漂亮的眼睛移開。

接著，Phraphai又用動聽的嗓音吐出：

「要我只擔心Sky一個人也可以、只喜歡Sky一個人也可以。」

那雙眼睛落到了他的唇瓣上，讓男孩感到顫慄。

深邃的臉垂了下來、靠得很近，近到高聳的鼻尖輕輕地掠過唇瓣，此時新生訓練傳來的歌聲，像是來自另外一個世界。

「Sky……」小小的心臟更是顫動。接著，Phraphai又低聲說：

「相信我對你是認真的。」

在嘴唇貼在一起之前，Sky主動逃開了，他努力讓身體從桎梏中掙脫出來，說話的語氣或許仍舊平靜，不過顫抖的嘴角卻透露了異樣。

「這裡是學校。」

Naphon自己也知道，脫口說出這句話其實很笨，他應該叫對方放手才對，就像以前處理那些玩笑話一樣，但他卻

用地點當作藉口，似乎在說改天再談這件事情，而 Phai 哥也不多做糾纏了，雙手不情願地慢慢放開他的腰。一脫身，他的雙腳就趕緊快步走向廁所，就像一開始所說的那樣。

不是因為肚子痛，而是想逃離這個男人。

太危險了，比他原先預期的還危險。

但他還沒來得及踏出第三步，手臂就先被拉住了。

「也行，但今晚讓我待到活動結束，確定你沒有昏倒。所以呢，我不要再聽到 Sky 弟趕我的聲音，最少要到我確定你是安全的。」他可以抗議，也可以用「有很多同學在，所以不需要」作為抗辯，不過生病的人還是默默點了點頭，沉默地看著抓他手臂的手，直到 Phraphai 放開它。

「但你也要答應我，在活動結束之前，不會帶我去其他地方。」他要求。

如果想跟他待在一起就待，但同樣的，也不許強迫他回宿舍。

說話的人目不轉睛地盯著，同時，聽者搖了搖頭。

「我不會那樣做的。」

男孩沒有接話，他知道對方的話還沒說完，那雙漂亮的眼睛裡閃著更多的寵愛。

「如果這件事對 Sky 來說很重要，那麼哥就不會阻止你。」

忽然間，聽話的人飛快地抽開手、衝向了廁所，連一眼都沒有回頭看，因為他不想讓狡猾的人看見自己逐漸燒起來

的臉，而且同時，心也劇烈跳動著。

他似乎聽見 Phai 哥說，什麼事情對他來說是重要的，Phai 哥就也會重視它。

有時候，Sky 也討厭自己想得太多，尤其是想了之後會讓心臟負擔加重的時候。

雖然 Naphon 的病況一整個晚上時好時壞，但這並沒有對他們特別要獻給學弟妹的活動造成什麼影響，今年新生訓練的閉幕日就這樣結束了。在笑容及眼淚之中，整個系的氣氛變得更加溫馨及歡樂，還混雜著笑聲，學長姐們也為了過去幾周所做的一切向學弟妹請求原諒。

無論是去年剛畢業，還是已經畢業十年的系友都來了。

這樣的一個夜晚，外人或許會認為沒有意義，但對一起經歷這個活動的每一個人來說，卻是意義非凡，對彼此的愛及牽絆更加牢固了，感受得到彼此是一家人，都是同大學、同建築系的一份子，無論經過了多少年，同個系的牽絆始終沒有改變。

學弟妹的笑容及眼淚，讓學長姐對成果感到自豪。

如果他們這麼做，就能讓學弟妹感受到自己是系上的一員、加深對彼此的牽絆，那麼這一點疲憊根本不算什麼，完全比不上教授幾乎每天都有、排山倒海而來的功課。

此時的 Sky 正嘴巴笑得開開的。

「學長。」

然後他很難不感到驚訝，因為那群他以為在兩點時就已經回去的學妹們正向他走來，眼睛紅紅的，看樣子剛才哭得不輕。

　　「嗷！學妹妳們不是回去了嗎？」

　　「沒有。」學妹們搖頭，然後舉手行禮。

　　「非常謝謝學長。」

　　「蛤!?」Sky趕緊驚訝地接下禮，然後聽見了讓他心頭澎湃的話語。

　　「謝謝學長姐特別為我們大一所做的一切，非常謝謝學長姊的付出。我們有決定留到最後，真是太好了，如果先回去就不會有這樣的感覺了。」聽者笑笑接受了，從前方這群人顫抖的嗓音就可以聽出她們有多開心自己改變了心意、有待到最後一刻，在經歷一切之後，就算很累，但努力試過就知道真的很值得。

　　這種溫馨及印象深刻的感受，只有待到那一刻的人才會明白。

　　「不，是我們要謝謝學弟妹們奮鬥到最後。」

　　整群學妹再次舉手行禮，然後帶著笑容、走回去找自己的同屆。過去好幾個月準備活動的辛勞從心底煙消雲散了。

　　他看見了和他去年相同的笑容。

　　「Sky弟。」

　　Sky轉過去看那個人，他完全忘了對方有一起待到最後，在他身體好多了之後，就必須去幫忙準備栓繩祈福儀

式。他還以為 Phai 哥已經回去了，但大個子卻還在，於是他對男人露出了開心的笑容。

Phai 哥看起來愣了一下，但沒一會兒也跟著笑了。

為什麼一看見這個男人的臉，心就比原先更加雀躍？

「有學妹來跟我道謝。」Sky 也不知道講了要幹嘛，但他想說給別人聽，而 Phai 哥剛好在這裡。

「我看到了。你開心嗎？」

「超開心，Phai 哥，我沒想過會這麼開心。」這是少數幾次 Sky 好好地喊另一方的名字，不是被逼迫，而是甘願地、帶著快樂地叫。他想將快樂分享給一起熬了一整晚的人，甚至在大個子疼愛地伸手來摸他的頭髮時，忘記要撇頭閃開，也不介意對方的手移下來、愛憐地摩娑著他的臉頰。

「真好，能看到 Sky 開心，我就開心了。」

「嗯！很開心、最開心了！沒想過會這麼開心，也沒想過學弟妹會理解我們有多努力，感覺超棒的。」

就算再努力想裝出超齡的樣子，Sky 仍是個未滿二十歲的孩子，現在這個人越是像個講述開心事給別人聽的孩子，而另外一個人也認真地聽著，同時搭配上真誠而不虛假的話語。

「我也替你們開心。」

「嗯！！！」

「！！！」

男孩笑得燦爛，一點冷漠的模樣也不剩。

那一秒，這個笑容烙印在不曾對誰認真過的大個子男人心底，直到他忍不住將個子較小的人拉進懷裡、抱了一下。男孩來不及反應，只能傻傻地站著、為一瞬間的碰觸感到困惑，卻也揮不走那超越任何人給過的溫暖。

　　「慘了。」

　　「怎麼了？」

　　Sky再次皺起了眉頭，但Phraphai仍重複的同一句話、舉手摸了摸自己的臉。

　　真的慘了。

　　如果他有了想好好守護這個笑容的想法，那就意味著，他喜愛到處玩耍的路要走到盡頭了。

　　「睡得這麼不設防，我慘了。」

　　Phraphai沒想過他會有這麼一天，明知不可能得到任何回報卻照顧了某個人一整晚，但他今天卻做這麼做了——他跟著Phayu來到系上，顧了他的學弟一整個晚上——而被照顧的人甚至連撇他一眼也沒有，發燒的時候還靠在他身上的，但身體一好起來就消失得無影無蹤，他還奇怪自己的忍耐度什麼時候這麼高了？

　　Sky、Phayu或者Rain的學弟妹們還有活動可以做，但該死的Phai只能坐著打打蚊子，就算跟幾個Sky的同學交了朋友，但想看見的那人卻還是沒有出現。幾次想要退縮，覺得自己回家睡覺會不會更好，但那些念頭卻在看見一個笑

容時煙消雲散了。

Phai真的他媽的死定了！

起初的忍耐是為了讓那個小孩心軟，但現在卻變成反噬在自己身上。

如果說，Sky是因為看見了大一學弟妹的笑容而消除了疲勞，那他的不開心就只要看見某人眉開眼笑就會消失了。這種用顧了一晚換一個笑容的該死想法，不該出現在他腦海裡才對吧？

他爸聽到了一定會罵死他，管理到底怎麼學的，才會心甘情願地接受這次的虧本？

不僅如此，在大家各自解散返家之後，他又自我推薦、自願地送Sky回來，對方很容易地接受了，但這不是因為看見他的好，而是因為他家小孩打從開門進房之後，就倒在床上睡死了，一路睡到了現在。

四個小時過去了，人還是沒有醒。看樣子可能還要好幾個小時才會醒來。

Phraphai要想解釋成對方很放心，好像也沒有不行，但他很清楚，對方並不是放心他，應該是完全忘了他、一心只想睡覺才是。如果對他有戒心，可能還會令他心裡舒服一點，因為那表示Sky一直都有意識到他來是有目的的，並不只是來當顆枕頭而已。

可不要告訴他，在開始追求之前，還需要先讓對方相信自己是來真的，不只是玩玩而已啊，唉！

這是指真的想得到對方、真的想追求，也真的想跟他交往，但事實上，自己是幾個小時前才確定了心意而已。

「太想吃掉他了。」

他自己也一整夜沒有睡，但他現在睡不著，不是因為不睏，而是看著那張臉就不小心忘了睡覺。

「太有事了。」

男子嘆了一口氣，但沒有放下戳著男孩臉頰的手，或許因為生病而有點蒼白，但仍柔軟地令人愛不釋手，讓他又是用手背撫摸、又是捏捏臉頰及鼻子，然後滑著指尖、在令人想親一口的雙唇上摸著玩。摸多了，就想要低下頭、改用嘴巴貼上去。

想把人吃掉就動手啊，都給你這麼好的機會了。

Sky 翻回正面的睡姿已經一個鐘頭了，身上穿的系服也被推到了平坦的小腹上，這讓看的人想重重地蹂躪、吸吮，直到在皮膚上留下痕跡，但他仍保持冷靜，像所說的那樣持續忍耐及等待……每個人都有自己的極限，然後對先前不曾如此久候的男人來說，也夠他口水直流。

前一次是看在高燒的份上，他才願意按兵不動，但這次燒也退了……。

啪！

思考完畢，眼神發亮的 Phraphai 就將 T-shirt 的下緣往上拉，難耐地舔了舔嘴唇，緊盯著逐漸出現在視線中的柔軟，直到衣服的下緣被捲到了胸口，那個從幾個月前就一直

掛在心上的物體出現在眼前——敏感至極的淺色乳首。

看的人艱辛地吞了口水。

他不是那種會違反人家意願的人，這就當作是對方讓他枯等一整晚（再加上這四個小時）的小小懲罰好了。

既然都有理由了，就讓他弄一下。

真的好性感喔～～

Phraphai從幾年前就認為，男人乳頭的性感程度並不輸給女人，但還沒有遇見過這麼敏感的，於是上一次碰觸Sky乳首的經驗讓他印象深刻，越是品嘗就越是喜歡，而最喜歡的是對方的反應：當他一邊捏玩著乳首，一邊移動著臀部時，那個人所發出的微顫呻吟聲。

「嗯……」

嚇！

就在指尖移動的時候，熟睡的人也發出像是抗議一般的聲音，但沒有翻身躲開，相反的，觸摸的人卻嚇了自己一跳，來回看了一眼才發現Sky沒有醒來，於是又回來盯著那可愛的部位，用手指在兩邊撥弄，身體開始慢慢熱了起來，他的眼睛就像是看見大骨頭的狗一樣，緊盯著不放。

這次他承認自己是狗啦。

嘖！

Phraphai一開始只是好玩，但抵著手指的硬挺讓他再次吸了好幾口氣。

無法抵擋的誘惑讓他將臉湊了上去，輕吹了一口氣，然

後……。

「嗯～～」

慘了！

就在舌尖舔上淺色的凸起時，一聲輕吟從Sky的嘴裡溢出，Phraphai驚呼在心底，但身體卻背道而馳、不願意就此停住，他的唇瓣取代舌尖覆上了乳首，飢渴地在吸吮與輕咬之間交替著，不理會正在發燙的身子，他只想品嘗這個男孩的更多，比一切都倉促行事的上一次還要多。

如果他能夠再跟Sky做一次，他會慢慢品嘗，讓這個男孩呻吟到幾乎窒息！

「哈啊……嗯～～」

再多一點點。

一聽見呻吟的聲音，原先只是想品嘗一下的人改變了心意，他跨坐到男孩的身體上方，將雙唇從濕潤的部分移往了另一側，接著像見到花蕊的蜜蜂一般吸吮舔舐著。他眼裡透著欲望，空出來的手在腰間輕蹭，感受著能喚醒欲望的柔嫩肌膚，一直來到了褲緣。

「嗯～～啊！！！」

就在那個時候，因快感而微微曲著身子的人大叫出聲，讓Phraphai看了一眼，這才發現睡著的人醒來了，而且正雙頰泛紅地緊緊盯著他。

「你……你這是要上我嗎？」

Sky或許回復理智得很快，但聲音裡的顫抖仍舊很明

顯，這讓上火的人深深地吸了一口氣，但卻聞到比更多的體香，刺激著他的欲望，那雙銳利的眼睛映照出狩獵的渴望，原本撫摸著柔軟軀體的雙手也緊握成了拳頭。

他才說服 Sky 接受他，但⋯⋯。

「我跟你借一下廁所。」

砰！

那雙驚慌失措的眼裡閃過一絲恐懼，像是一把榔頭砸在 Phraphai 的腦門上，讓他找回理智、快步走向廁所。他垂下了眼睛，從來沒有對自己玩過頭這件事那麼生氣過。

他曾經克制過更大的誘惑，但這次，只是吸吸舔舔幾次、鬧著玩而已，卻自己忍不住了。

不只是想再抱 Sky 一次而已，他比較想要一抱再抱，沒有結束的時候。

Phai 看樣子是真的要完蛋了。

同一時間，Naphon 完全清醒了，雙手趕緊將身上的衣服拉下來，眼睛仍望著高個子消失在其中的廁所門，深深吸了一口氣去壓下身體裡因被碰觸而產生的熱流，但最讓他震驚的事情，不是醒來發現有個男人騎在他的身上，反而是看到那個男人是 Phai 哥時的安心感。

那一瞬間，Sky 想就隨便他了。

他不該這樣想、不該有這種感覺，但事情就是發生了。

「該死，Sky！你竟然對個不能信任的人有這種想法！」

對，他現在心軟了。

不知道從什麼時候開始的，可能是在他生病、Phai哥來照顧他的時候，或者在昨天陪了一整晚，但卻沒有開口抱怨的時候。Sky這也才意識到，心裡為了不讓人靠近而豎起的那道高牆一次比一次搖搖欲墜，並且崩塌在Phai哥選擇去廁所解放自己而不是讓一切像是第一次發生關係那樣的時候。

沒錯，Phai哥是有摸他的身體，但並沒有做更過分的事。

男孩覺得自己一定是腦袋有問題才會這樣想，有摸就是有摸，就算只有一點點也是騷擾，但他居然沒有生氣，反而覺得 —— 對這個看起來沒有缺過這種事的男人來說，能夠忍上幾個月，已經很厲害了。

「不，Sky！Phai哥來跟你玩，並不代表他就沒有跟別人玩。」

但為什麼他的聲音卻這麼的飄忽呢？

二十分鐘之後，不請自來的客人一臉清爽地抓著頭、從廁所走了出來，從神情緊繃、眼神灼熱的樣子，回復成原先那個愛鬧的男人，毫不害臊地展露赤裸的胸口，直到房間的主人轉身回去繼續修整模型，雖然他的注意力並不在作品上頭。

「謝謝你借我廁所，比原先舒服多了。」

「我又還沒說要借你用。」

「好啦，別小氣嘛～～只是借個廁所而已。」

「廁所的話，我不怪你，但我還沒有忘記醒來的時候看見了什麼。」Sky用譴責的眼神看了一眼，而大個子男人則輕聲地笑了，走過來坐在床的尾端，距離他的工作桌僅有些許的距離。

「好啦，別小氣嘛～我都忍了一個月了。」Phraphai又說了一次，只是改變了最後一句話，不過這卻讓為了及時在這周一繳交模型而正坐著修整的人露出不可置信的表情，轉身過來望著高個子。這時，說話的人笑得更開了。

「想知道？」

「……不想。」男孩盯著那雙狡詐的眼睛，然後將椅子轉回去，才不想掉進陷阱裡咧！

「但我想講給你聽。好，沒關係，那我就自言自語，你當作笑話聽好了。就是呢，從好幾個月前抱過你之後，哎呀！居然已經過三個月了，我怎麼能忍那麼久？我沒有跟誰有過牽扯喔，我怎麼會是個這麼好又忠誠的男人呢？」

「騙鬼啦！」

他才不笨，但還是願意再次轉過來聊天。

「我說真的。」

「……」

Sky沒有回嘴，只是用眼睛靜靜地盯著，這讓高個子的笑容一點一滴地垂了下來。

「只跟別人睡了一次。」

「嗯???」

「好啦好啦，兩次。」

房間的主人搖搖頭後，轉回去繼續做模型，同時大個子的男人大聲地說：

「三次，我說實話了，可以了吧？這不是騙人的了，從跟你睡過之後，我只跟別人睡過三次，但感覺都不對，都已經好幾個月了，至少……至少這個月真的沒有跟誰有過牽扯。」若說 Phraphai 先前還有點在鬧著玩，但這次也真心了許多，然後就無力地倒在他的床上。

「是說，我坦白這些要幹嗎？」

「沒錯，我一點也不想知道。」

躺著的人凝視著後背，然後大笑。

「OK，是我厚臉皮、自己愛講，Sky 弟就當笑話聽聽算了。」男孩沒有轉頭看，一副忙於手上作業的樣子，雖然他的腦海裡不停地想著 —— Phai 哥來招惹他的這段日子裡都沒有跟別人有牽扯 —— 直到他不得不用一側的手支著臉……掩住自己的笑容，不讓另一方看見。

「那我繼續說喔，現在的我大概是個神經病了。」

「不是已經當很久了嗎？」他回得很順。

這回，大個子笑得狡猾。

「我才剛當而已，才剛知道自己喜歡奶。噢！要是曾經打過洞的喔！」

咚！

「吼呦！」

Sky滿臉通紅，將手中的工程筆丟向大個子，緊咬著下唇，望著假裝唉呦唉呦叫的人，那人明明就笑到看得見每一顆牙齒，還用直擊心臟的溫柔語氣說：

「看吧，我也能夠讓你覺得害羞。」

「神經喔，誰害羞？我要去洗澡了。」

說完就快步走進浴室，不管說他「臉紅紅的，估計是又發燒了」的勸阻！

臉這麼燙才不是因為發燒咧，是因為那個喜歡奶的神經病啦！

「要瘋了。」

就連他自己看見鏡子裡的倒影也只能暗咒、舉手捂住嘴，因為他除了兩頰通紅以外，烏黑的眼眸還閃爍著，不是因為恐懼，而是自己不知不覺中就對另一個人敞開心扉的忐忑。

如果他沒有什麼感覺的話，為什麼會無法好好藏起自己的情緒啦？

◆◆◆ 第十章

當 助 手 太 好　當 傭 人 也 夠 了

「Sky弟、Sky底迪！Phai哥餓了。」

「你就回家去啊，你的胃又沒有跟我的胃連在一起。」

在進浴室半個小時、徹底清洗過從昨天就累積到現在的汗垢後，Sky也安定了心神，再加上睡了好幾個小時的舒爽，這人就充滿活力地開始專心做起模型，努力無視仍躺在床上打滾的另一個男人。

不懂到底為什麼不回家。

第一個小時還靜靜的，但接下來就開始冒出煩人的聲音。

「Sky弟從昨天一早就沒有吃東西了，這樣會頭暈喔。」

「就我不餓，而且我想把作品做完。」

「我要森七七囉。」

「喔，氣吧，然後也不用消氣了，氣久一點，滾遠遠的最好。」一發覺自己對Phai哥心軟了，他就再次豎起了防衛，對男人絲毫不假辭色，就算像夜叉一樣那麼大隻的人抱著枕頭裝可愛，在床上用狗狗眼盯著他也一樣，這種表情看起來一點都不可憐，令人頭痛才是。

「我應該要能夠習慣Sky弟的狠心對待是吧？」

「不需要，哥只要回家就行了，你可以走了！」他一樣

趕著人，至於Phai哥也一樣厚著臉皮繼續講：

「這樣我們交往的時候，我才能調適說，Sky弟是絕對不會哄我的。」

但這厚著臉皮繼續講的行為讓聽者愣了一下，正在畫線的手也頓住了，但也只有一下下而已，Sky就搖搖頭、沒有再回什麼，他很清楚Phai哥是那種「自己越有反應，他就會越得意」的個性，只能以沉默對抗，讓身邊的那個人講到口乾舌燥之後，他自己就會閉嘴了。

「越說越餓了。對了，我有跟Sky弟說過嗎？我是愛吃肉的人喔，不管是豬肉、雞肉、牛肉都吃，烤肉是我的最愛，但家裡不太有人會陪我吃──我爸媽說他們年紀大了，要照顧身體；我弟是愛惜身材，他說不然就騙不到獵物了；我妹則是不吃牛肉；唯一有相同愛好的是我叔叔，不過那個人很忙，後來也不太會來一起吃飯。越說越想吃在爐火上烤得香香的肉了，沾了沾醬之後跟白飯一起吃，喔天啊！肚子都咕嚕咕嚕叫了。」

房間的主人仍舊沉默著，不理會對方要講多少廢話，他只是繼續做著作品，沒有轉頭去說他討厭人已經很好了，直到大個子往下做了總結：

「我們去找東西吃吧！」

「……」

有完沒完！這邊的人仍維持沉默，而床上的人則勾起了一抹微笑。

「你先前還會顧慮我的，現在卻直接忽視我了嗎？」

對啦！

他聽見對方從床上起身的聲音，但注意力仍放在手上在做的作品、還來不及轉過去看，只知道體型龐大的夜叉走近了他坐著的椅子。

「你確定要忽視我？」即使Phai哥彎下身來、在耳邊悄聲地問，但Sky仍舊沒有回答，克制住溫熱呼吸從臉頰邊傾瀉而下所造成的震驚，心裡有些許的發癢，而且那隻大手還隨意環著他的肩頭，故意將溫熱的身體貼了過來。不過只要他保持沉默，Phai哥就什麼也做不了。

「你確定？」

喀！喀！

聽者仍繼續畫著線。

「哼哼，我說過我喜歡吃肉、什麼肉都吃，但特別喜歡的就是這嫩嫩的肉了。」耳邊的笑聲正觸動他的聽覺神經，但仍比不上他露在深色背心外的光裸肩頭正在被移動過來的雙手摩娑著，溫熱的雙唇也挪了過來，距離柔嫩的肌膚僅有些許的距離。

啾！

「我也喜歡這種肉。」溫熱的嘴巴貼到了肩頭上，但Sky也只是閃開。

「我說過了，如果想玩這套就去跟別人玩。」

「不要，我想跟Sky弟玩……啾！」另一個吻落在脖子，

這讓Sky也靜不住了，尖銳的牙齒咬著下唇，開始猶豫要不要繼續忽視下去，因為不要忘了，Phai哥的厚臉皮可是一等一的混凝土等級，搞不好他真的會把自己拆吃下腹。

「這個甜美的肉，好可口喔。」

啾啾啾～～

「尤其是這裡！」

咬！

「Phai哥!!!」

Phraphai不只是將鼻子壓在臉頰上而已，還用嘴巴輕咬了臉頰上的肉，讓沉默的人嚇了一跳、無法再忍耐，立刻轉頭大叫，甩開臉、用手將臉頰摀住護好，眼睛裡閃爍著的不知道是生氣還是忐忑，另一隻手摸索著桌上的武器。好運加持下，他摸到了自己熟悉的……美工刀。

「我覺得我去外面找東西吃好了。」

在他把刀片推出來的當下，大個子男人就立刻閃開、討好地笑了，他高舉雙手、承認自己的失敗。不過，那混蛋是走去拿他的衣服來穿，這表示他吃完飯還會再回來！

「那是我的衣服！」

「好啦，借我一下，Sky弟先把門鎖上，我等下回來再敲門叫你。」厚臉皮的人完全不問他是否願意讓自己留下來，自說自話完畢後，就走去打開房門，但在離開之後又轉過頭、像是突然想到什麼一樣。

「對了！那你知道什麼飲料跟肉一起吃最好吃嗎？」

Sky仍然不說話，努力不隨之起舞，他的臉頰光是這樣就紅了，而Phraphai也不等他的答案了，壓低視線，用狡猾的笑容揭曉：

「跟奶一起吃喔！」

這一次，黑色夜叉似乎知道再多待個一分鐘，就會有美工刀飛過來了，因為他飛快地消失了，留下Sky手裡抓著東西、舉得高高的，不爽地看著緊閉的門板，接著才頂著紅到看不見原本膚色的臉頰，將手放了下來。

他又不笨，Phai哥要吃的不是烤肉跟牛奶吧!?

說什麼烤肉？Phai哥指的是他的肉啦！

「我是不是不小心跟個瘋子睡了一次啊？」Sky喃喃自語，並將美工刀丟回桌上。他撐著的手一遍遍撫摸著臉頰，這讓他也感覺到嘴角正逐漸上揚成一個大大的笑臉，不久之後，也無法克制地笑了出來。

那個瘋瘋的人竟然能讓他笑成這樣。

這時候，Sky應該用安靜無聲的時間繼續將作品做完，但他卻帶著笑，抓了一枝鉛筆，在手邊的甘蔗渣紙上寫字。

喜歡烤肉……父母很愛惜身體……有弟妹二人……叔叔……喜歡賽車……是個變態。

這不是他自己想知道的，只是剛好有人強迫他知道，所以不小心就記下來了而已。

Sky用剩下來的時間將正在做的模型完美收尾。在那之

後沒多久，就聽見敲門聲，讓人開始有些懷疑，這棟大樓的保全是否太輕易就讓外人進來了，但他還是願意走去開門，他知道如果不開，這個人等下又會找事情讓他在眾人面前難堪，這樣大家就都會知道停在樓下那台顯眼又漂亮的黑色重機的主人是來找誰的了。

他並非驚訝 Phai 哥沒問一聲就自己去拿盤子來裝的這件事，畢竟那人連上衣跟褲子都是自己去翻來穿的。他覺得比較驚訝的是，對方正在將好幾樣配菜倒進盤子裡，還有將兩袋白飯分別倒入兩個盤子，接著招手喊他去一起吃飯的這件事情。

「快來吃，不然就要冷掉了。」

感覺莫名的好。

Phai 哥不只沒有自己一個人溜去吃，還幫他買了飯，於是嘴上念著不餓的人移動過來，在旁邊的地板上坐下。

「認真問，你沒有想過要回家一下嗎？你家裡的人都不會以為你摔車死掉了嗎？」他忍不住問，因為 Phai 哥表現得像要在他房裡永久居留一樣。

「你這是在趕人？」

「嗯。」這邊的人毫不留情地點點頭，原本對 Phai 哥跟 Phayu 學長是好朋友的顧忌已經全部都消失了。人家在他房裡或坐或躺都不會不好意思了，他又何必要有所顧忌。不過，Phai 哥並沒有因此感到傷心，大個子反而笑得很開心，拿起手機、打給家裡的某個人。

「Phan，是我。」

男孩低著頭、舀了綠咖哩雞澆在飯上，但腦海裡卻已經記住了Phan的名字。

「我打來跟你說，我今晚不會回家。」

蛤？

這件事他不想管也得管了，對方不回家的話是打算要睡在哪裡？如果不是打他房間的主意的話！

但講電話的那個人仍面不改色地繼續說：

「我不是吃錯藥才會打電話來報備，是我這邊的人在擔心說我的家人會好奇我去哪裡了，所以我才打來叫你們不用擔心、我很平安。」Sky可以發誓他話裡的意思是在趕人，但Phai卻發神經曲解成他在擔心，讓他眉頭深鎖。然後，講電話的人做了什麼？……那個人舉起手、寵溺地戳了戳他的眉心。

「先這樣啦！」

一講完就掛了電話，居然還有臉來報告給他聽！

「我打電話跟我妹說了，但那傢伙卻說我吃藥前沒有照指示搖瓶子。」

「我又沒有叫你打電話回家，還有，我也不會讓你在這裡過夜。」Sky投了一個直球，但聽者卻裝作瞪大眼睛、一副心急的樣子。

「噢！你說真的嗎？我已經跟我妹說了耶，今晚她會叫家裡的人鎖門不用等我。那現在我要睡哪？我還是騎機車來

的，連個車頂也沒有，看樣子我得在這裡住上一晚了，而且我打電話回家這件事，Sky弟也有部份的責任。」Phraphai下了結論，直到聽話的人問了一句話：

「很好笑嗎？」

「要不要我笑給你聽？」

男孩是滿想給對方一個冷漠眼神的，但偏偏他的嘴角正在抽動，尤其是看著那個男人裝得一臉無辜，卻隱約甩著看不見的狐狸尾巴（而且還有九條！）。這麼狡猾的人，瘋子才會相信他。於是，他最後用低頭吃飯來結束話題。

「OK，沒有反對就表示是允許了。」

就算我反對，你會聽嗎？

Sky知道讓對自己有意圖的人在此過夜的風險，但如果會有什麼損失，早在他生病的那天就會出事了，他自己也沒什麼好損失的，而如果Phai哥強迫他，那只要之後都不讓對方靠近他就沒事了，況且……他還沒有回報對方來做看護的事情。

可惡的Sky，你到底心軟到什麼程度了？

「Phai哥跟弟弟妹妹的感情很好呢。」在房裡開始安靜下來的時候，Sky就問了。他感覺得到另一方跟弟弟妹妹的感情到底有多好，同時Phai哥也沒有回什麼五四三的，點點頭承認後，才講給他聽：

「我們非常親近。我是大哥，老二現在大三，最小的才剛進大一，彼此年紀差距不大。那兩個人的個性有夠像，很

任性、想要什麼就要得手；也很不聽話，再多的禮貌也會在他們身上耗盡；什麼手段都用，只要可以達到目的。有時候，我也常常很頭痛。」

說成這樣，好像滿很耳熟的喔。

「我覺得你說錯了，個性像的不只是那兩個人而已。況且頭痛的人是我才對吧。」

這群人根本是彼此複製出來的！

Phai哥也不反駁，大笑地承認，然後又問：

「那Sky弟呢？」

「我什麼？」

「有兄弟姊妹嗎？」

Sky不太將家裡的事情講給別人聽，他或許認識不少人、跟很多人關係不錯，但整間學校裡大概只有Rain一個人知道他家裡的事情，而既然這也不是需要隱瞞的事，男孩也就願意回答問題。

「沒有，我是獨生子，所以不知道有兄弟姊妹是什麼感覺，而且我也不太常跟爸媽住一起，他們離婚了，媽媽住在一個地方，而爸爸則住另一處。好幾年沒有見過媽媽了，但久久會打一次電話。」Sky沒有對爸媽離婚的事情感到難過，但也沒有說不會覺得寂寞，或許表現得夠明顯了，以至於Phai哥放下湯匙，然後移動並靠近他坐下，近到兩人的肩膀碰在一起。

他差點要說這樣很熱了，不過……。

「改天介紹我弟跟我妹給你認識，相信你一定會喜歡那兩個傢伙的。」寂寞突然間就消失了，只剩下安心，在他對上那雙深邃的眼睛、看見裡頭的擔憂的時候，而這或許就是他在被摸頭時，沒有躲開的原因。

　　「如果個性像你的話，我可能會不太喜歡喔。」

　　「哈哈哈，不太喜歡是指非常喜歡，對不對？」Sky把頭移開、遠離那個自戀狂，然後開始繼續吃飯，因為他不只有設計要改，還有好幾件是下周要交給的，至於Phraphai也不鬧了，低下頭來大口吃飯，一清空盤子就又拆了另一袋的飯來倒，看起來非常地餓。

　　Sky這才意識到，Phai哥或許沒吃到系學會準備的早餐，這樣他不就從昨晚就肚子空空的等到現在？

　　那個當下，他感覺到有些什麼在胸口膨脹，讓他只能靜靜地低頭吃飯、不轉頭去關注那個在旁邊狼吞虎嚥的人。直到盤子都要空了，他才想起：

　　「Phai哥，我想拜託你一件事。」

　　「好幾件都行，要借你靠、要抱抱，還是要親一個，我都可以滿足你。」他等到心情很好的那個人推薦完畢，這才開口拜託了一件另一方沒預料到的事情。

　　「可以不要再叫我Sky弟了嗎？」

　　傻眼，Phai愣住了。

　　「那你要我叫什麼？」

　　「叫Sky或Gai都可以，不要加『弟』這個字。」

Phai哥看似不知道自己哪裡做錯了，但他這樣覺得很久了，或許能回溯到第一次聽到Phai哥這樣叫的時候。若是幾個月前，他大概不會講，但現在卻不一樣，面前這個人似乎習慣被他拐彎抹角地罵了，如果這次直接說的話，應該也差不多。

「聽起來很做作。」

「蛤!?」

他觀察到好幾次了，當Phai哥只喊他Sky的時候，聽起來比較真心、不做作，但每次一叫Sky弟，就覺得只是來撩好玩的而已。他話一說完，就舀了一大口飯放進嘴巴裡，放任不真心的人毫無預期地楞坐在那裡，接著才起身將盤子拿去洗。

在Phai哥回過神的時候……。

「我這樣叫你，你難道不會害羞？」

「不會。」

「搞屁啊，我也是長得帥、身材好、技術佳，舉手投足都很撩人的好嘛！」Sky轉頭過來看著在喃喃自語些什麼的人，雖然聽不太清楚，但應該是那個人在自我誇讚，所以他就不關心了，只是走去將餐盤跟水杯收拾好並拿來清洗，不理會那個盯著他不放的大個子男人。

還來不及發現，高個子就躡步過來、靠近他的背後。

「Sky。」

比原本好多了。

「嗯？」名字的主人轉身與之對視，然後看見那雙漂亮的眼睛裡在閃爍著些什麼。

　　「Sky！」

　　「又有什麼事？」

　　男孩感覺這個場景明顯似曾相識。

　　「Sky可愛死了。」

　　「……」

　　正要開口問有什麼事情的人緊緊地閉上嘴，只能困惑地盯著那對眼睛，他無法理解，但不是先前覺得討厭的那種，而是面前的人眼裡有些什麼讓他的雙頰開始燙了起來，而這次，他很確定不是因為發燒。

　　Phai哥看了他一會兒之後，露出了微笑。

　　「好，那就叫『Sky』吧，因為這樣叫會讓你害羞。」

　　「亂講，我還是繼續去做作品好了。」男孩用力地推開大個子的胸口，閃過走回工作桌前，不理會從背後響起的輕笑聲。

　　「不繼續洗盤子了嗎？」

　　對，不洗了，正害羞！

　　Naphon自己也不知道，這到底因為換了叫法聽起來比較真心，還是因為他對稱讚他的人感覺變了，於是確定自己一點也不可愛的人開始臉紅，耳朵也燒了起來，感覺像是有水蒸氣從兩側的耳朵冒了出來！

　　該死，Sky你瘋了嗎？你明明就知道被說可愛，表示稱

讚你的人很做作，那對個騙子害羞是在怎樣啦！

「如果哥要過夜的話，就來幫我做作品。」

Phraphai低頭用困惑的眼神看著切割墊跟美工刀。他原先以為是自己玩過頭了，這小孩要拿刀劃他，但似乎不是如此，而且說話的人還拿著這兩樣東西放在地上，並將畫好線的紙張放在一起，接著又重申了一次：

「要沿著線切唷！」

「我嗎？但我幾乎沒用過美工刀耶。」Phai嘴上那樣說，但還是願意從朋友的臉書塗鴉牆上挪開視線、移動過來坐在地上聽Sky說話，雖然說話的人先前靜靜地做了快一個小時作品，但一開口就要人家幫忙做作品，不過Phai要把話說在前頭——他很會計算，但缺少藝術天分。

「大家一開始都不順手的，做著做著就會習慣了。」

真的要喔？

他的眼神是那樣問的，而可愛的男孩堅定地點了點頭。

看樣子，Sky的作品是做不完了，而他也正好沒事做，所以就答應了，也因為美工刀仍在那個小孩的手裡，所以他也沒有再玩什麼把戲，緩緩地點點頭。看著Sky俐落地裁著範本，他默默在心裡記住——在他手上還有銳利的東西時，千萬不要鬧他鬧得太過。

沒幾分鐘之後，就到了該他動手的時候了。

「哥別忘了，要在切割墊上切，還有小心手指。」

下令的人轉身坐下，繼續用筆電工作，這讓Phraphai微微瞇起了眼睛。

　　使喚完就不理人了喔！

　　對於自己為什麼還沒厭煩的這件事，男子不再覺得奇怪了，相反的，越是靠近Sky，他就越覺得有趣，只是觀察看似平靜的表情，其實就會發現有時是寂寞、有時是脆弱，也有些時候是害羞，越看就越想要望著那個人，但既然不轉頭過來給他看，那就讓他鬧一下。

　　「這就是有唸建築的另一半的浪漫嗎？幫男朋友裁模型什麼的。」

　　「怕你不知道，我不是你男朋友，而且朋友之間也是會幫忙裁模型的。」從陌生人的等級變成是朋友了，這下他該開心還是難過呢？

　　「可以比朋友更近一步嗎？」

　　「那你可以回家囉！」

　　好狠心！

　　但Phraphai還是笑了，而且沒有回家去，甘願地專心做著狠心之人指派的工作，因為他同時也在擔心病剛好的人，如果他能幫忙分擔一些工作，花上一丁點的時間並不算什麼。男人越想，就越覺得他這麼好的一個人，為什麼Sky都看不見呢？

　　如果Phayu聽見這些話，他大概會當面嘆氣，然後直接回——因為你沒那麼好！

「好吧，今天要我當 Sky 的助手也行。」

聽者轉過頭看了一下，嘴角勾起成一個好看的微笑，但什麼話也沒說，但光是一個微笑就夠付工錢了，這讓覺得自己很會計算的人開始覺得他有必須再回去重修一次。

好啦，只是支美工刀而已，他等下就會用得很厲害了，走著瞧！

他為了一個微笑做成這樣，會不會太多了？

這是 Phraphai 暫停尋找答案的問題。

「你不是要叫我睡地板吧？」

「那你跟我又是什麼關係，必要睡到同一張床上？」

再怎麼說，我們都有過夫妻之實了啊！

Phraphai 也想說出這句話，但他知道這樣一來，除了不會得到想看見的微笑外，說不定還會再次被投以懷疑的眼神，於是他交換看著被放在床邊鋪地用的薄床墊、枕頭和棉被，以及那張足以讓兩個大男生睡得舒服的大床（而且他已經睡過好幾遍了）。

不是想討人情，但他們做過的事情明明就比睡在同一張床上還多……Sky 還緊緊地抱著哥呢！

他可以這麼說，但他沒有，因為一旦說出了口，或許就會不小心問到惡夢的事情，而本能正大聲清晰地告訴他，千萬不要碰觸那件事情。另外，他已經能讓 Sky 對他笑、願意讓他進房間了，偷打的備分鑰匙還因此沒了用武之地，如果

硬要挑剔，一切可能就得重新來過，而且對這個心意超級堅決的人來說，大概也不會再有一場大病可以讓他刷印象分數了。

「好吧，我睡地板也行，不挑剔了。」

等人睡熟了再偷偷爬上床也不遲。

「對了，早上醒來的時候，哥可不要跟我一起睡在床上唷！」說話的人邊說邊走去關燈，然後就回到床上，不理會剛鋪好床的 Phraphai，這讓男人哀號了起來。

「吼～～我又是幫你買飯、又坐著裁了好幾個小時的模型，你還讓我睡地上，這已經不是助手了吧？根本就是傭人才對！」

「我又沒說不是。」

剛躺下的 Phraphai 蹦起來、坐直身體，轉頭看向床上那個一邊臉頰埋在枕頭裡、朝這邊側躺的狠心人，仗著外頭穿透進來的光線，他看見 Sky 仍睜著眼睛在看他。然後，讓他死了吧！那個小孩皮皮地露出一個大大的笑臉，讓人太想把他吃掉了，再加上軟糯的聲音……。

「哥自己要來給我使喚的。」

對，他正被反整回來。

Phraphai 知道，但卻甘願再次倒回床墊上，聽著床上飄來的笑聲，這個不曾被人使喚過的男人突然覺得，當個傭人似乎也不差，尤其是被這個小孩使喚，這小孩正眼神發亮地望著他，並偷偷露出一個甜笑，以為他在黑暗中不會看見。

「OK，這局我認輸。」

「明明是我光明正大贏下來的。」Sky笑笑地說，然後就聽見他往床的另一側翻的聲響，留下這個不曾讓獵物從手中脫逃的男人獨自一人躺在薄被底下的寒冷之中，不過Phraphai最後還是笑出聲來，而且笑得一點也不吝嗇。

這次先認輸，之後再一次討回來！

這是少數幾次，他跟一個人睡在同一間房間裡卻什麼也吃不到，還是少數幾次他一個人損失了大半，但男人卻不著急，相反的，他卻覺得這樣循序漸進也滿好的……他想擄獲這個男孩。

認為自己陷入危機之中的想法又再次閃過腦中，但他甘願面對這種危機，如果能常常聽見這種問題的話。

「Phai哥會冷嗎？需要我把空調調高一點嗎？」

有個小孩會擔心自己也滿好的，還是說下次就裝病好了？就先從被趕下來睡地上而生病開始好了……說不定下次可以跟他一起在床上。

▰▰ 第十一章

屈服

Phraphai的外在看起來或許像是個成天無所事事、熱衷於替自己找尋樂子的男人，但他其實是「玩歸玩、工作歸工作」的男人，在上班日的時候，他是個認真工作的公司職員，不曾想過要動用老闆兒子的特權，讓自己高人一等，相反的，他為了不讓別人有機會說是使用先天的關係，反而更加努力工作。不過，這幾天來，認真的職員也偶有分心的時候。

原因出在不離身的手機上頭。

光是今天一天，他就偷瞄八百萬次了，然後還拿起來看。他打開通訊軟體後發現，自己傳的訊息——像是「早安」、「起床了沒？」或是「早餐吃什麼？」——都沒被當回事，另一方連已讀都沒有，到他只能嘆氣。

他敢說，這是他這輩子第一次追一個人那麼久。

他每次一知道沒機會了，就會選擇放棄，去找下一個也好，但也不知道為什麼，他卻打破以往紀錄，對這個非常狠心的小孩卻非常上心，就連明顯被忽視也一樣。想到這裡，他抬高嘴角，又多發了一封「好想你」的訊息。

Sky讓他有了新的體驗：當個專屬看護、當個傭人、當個張羅飯菜給別人吃的人，然後人那麼好還被踢下床去睡地

板，只要想起那天早上伴隨著背痛醒來，他就笑到停不下來，不只沒有人擔心他，Sky對他說的第一句話還是……早上了，哥可以走了。

有夠冷漠的，但也一樣可愛得很。

想問是怎樣的可愛嗎？就是那個趕人者還願意一起去外面吃早餐呀！

後來這陣子，Phraphai覺得自己太把心思掛在那個男孩身上了，直接說就是他不太專注在工作上，哪天早下班還跑去當外送員，有時有見到面，有時則將食物掛在門口。他還不想翻開底牌、暴露自己握有鑰匙的事情，所以一旦能見到瞪著眼睛、憋笑的表情，高個子的疲勞就完全消除了。

就連他妹也說他最近很奇怪。他每天都回家這件事，怎麼可能不怪？先前每次都窩在公寓裡，忙著帶不同人回來享樂，但最近卻是個乖寶寶，天天回家讓爸媽見得到面，直到他媽媽都對這個讓他安定下來的原因讚不絕口。

『想要他來當我的媳婦。』

她如是說，大概是覺得這輩子找不到人來約束他了吧。

「我又不會被人約束住。」嘴上這樣說，但心裡卻覺得那樣很好。

叮～～

啪！

認真工作的人從位置上跳了起來，跨步走進廚房，但並非是在愛睏的時候去找咖啡來喝，而是因為手機有一封簡潔

有力、切中主題的簡訊……嗯。

〔你沒有工作要做嗎？〕

當他一打過去，電話那頭說話的聲音像是心累一樣，但這讓聽的人笑了出來。

「對Sky的話，我都是有空的。」

〔信你才有鬼。〕

總有一天要讓你全心全意相信我！

Phraphai把話忍住。整體來說，他感覺這小孩太常說不相信他了，這讓他隱約懷疑對方是否曾經被背叛過？為什麼這麼難去相信別人？但沒關係，那件事先放著，只要不掛他電話、願意接，就已經很好了。

「今天晚上我去找你。」

〔你不用來。〕

「要幾點呢？」

高個子憋笑憋到肩膀在顫抖，因為電話那頭長長地嘆了一口氣，但他還是要去，誰也攔不了他。

「那你有特別想吃什麼嗎？晚點我買去找你。要哪一種好呢？泰式？西式？中式？還是越南料理？等下Phai哥會服務到家喔！」他建議，然後冷靜地等待著答案，而電話那頭也不讓他失望。

「如果你在今晚之前能去北京幫我買，那我就會跟你說想吃什麼。先這樣，我還有事情要做。」接著就毫無牽掛地掛了電話，留下這端的人大聲笑了出來，漂亮的眼睛裡閃

耀著欣喜，不再對自己太喜歡惹另一個人生氣的原因感到奇怪。

今天居然趕他飛去中國了！

「比叫我去死好多了。」

他追了一個多月，連個吻都還沒得到，但今天有進展了，從用眼神叫他去死，到現在只是趕他去國外，所以結論是：晚上帶中式料理去好了。他一邊想就一邊拿起手機，看看有哪家店可以外送到公司來，這樣一下班就可以速速過去了。

「嘿！Phai哥也來休息一下嗎？」

不是，是來惹小孩生氣的。

Phraphai只回答在心裡，然後轉頭去看正在對他甜笑的漂亮女生。

「Kul是來休息的嗎？」

「對，來泡個咖啡。要幫你泡一杯嗎？」女孩看到他手上只拿了手機，就熱心地自薦。

Chophikul，一個人美名字又好聽的女孩，Phraphai一開始也很注意她，但因為他總是將公事與私事分開，所以就裝作不在乎對方的眼神——那裡頭赤裸裸地展現出女孩對他的興趣——可這不表示他就不會隨著男人的劣根性去逗一下、撩一下，而這次也一樣。

「Phai哥可以幫我拿一下上面的杯子嗎？」

他不認為那個杯子有高到伸手還拿不到，不過男人還是

甘願接受這個邀請，走過去貼近對方的後背，然後拿女孩所說的那個杯子，接著低頭看著那害臊的眼神，而女孩並沒有躲開這太過親近的距離。

叮～～

「啊～～ Phai哥！」

就在那個時候，手機的聲音微微響起，讓Phraphai突然後退、一把抓起來看，動作快到讓Chophikul嚇了一跳，更驚訝的是，外型帥氣的男人臉上正越笑越大、越笑越開，眼裡透露了無法掩飾的欣喜，同時毫不在意地將杯子放到了桌上。

「咖啡我不喝了，我先走了！」

接著，Phraphi就轉身直接離開，像是沒將Chophikul看在眼裡一樣，因為……

……想吃滷蛋……

一則短短的訊息，來自那個趕他去北京買中式料理的人！

男人也認知到自己病得滿嚴重的，不過是有個小孩願意回他訊息、告訴他想吃什麼，他就笑得像失心瘋一樣，顧不到外表俏麗的女孩了、完全忘了在公司要收斂的事情，滿腦子只想著「好可愛」。是誰說Sky很狠心的？他會去爭論說那不是真的，就算再怎麼嘴硬，最終還是心軟回覆了他的詢問。

這麼可愛，是真的要逼瘋他，對吧!?

好，等下Phai哥自己去大街小巷找好吃的滷蛋來給你！

這個樣子如果被Phraiphan看到，她大概會拍著膝蓋、指著他的臉說：Phai哥淪陷了！

Phraphai先花了近兩個鐘頭的路程，專程去名店買廣受好評的知名滷蛋，接著才前往Sky位於城市另一端的宿舍。之後，他去跟Joy姐借了門禁卡並暗示自己也想要有一張，然後走上三樓，前往走道盡頭的目的地。

叩！叩！

嘎～～

跑這麼遠去買真值得。

光看到那小孩來幫他開門，所有的疲勞就都煙消雲散了……高瘦的人穿著短褲跟淺色的背心，露出纖細的手腳；頭髮亂亂的，但看起來並不邋遢，而是更具魅力；臉上滿是愛睏的神情，但仍給了他一個淺笑，並跟他說……

「Phai哥你來囉？」

看樣子是正在等他啊，可惡！

「我來了，知名的滷蛋跟豬腳也來了，還有香辣炒蟹喔！」Phraphai秀了印有店名的袋子，而Sky不知道是因為有好吃的食物，還是已經習慣私人領域被入侵，那男孩看了之後就轉身走去拿碗盤，放他自己進門，成為關門的那個人。

這麼放心的話，哥就要為所欲為囉？

「哈嗯～～」

「是有沒有睡啊？」但在看見Sky打了呵欠，抬手揉眼睛的時候，想要為所欲為的想法也從腦海中消失了。

現在，Sky的病已經好了，也不發燒了，而且聲音也回復平常的樣子，但大個子還是忍不住會擔心，尤其是對方一言不發地接過他手上的食物，走去倚著床沿坐下，努力用短短的指甲解著裝有食物的袋子，卻解了一分鐘還解不開，直到他忍不住走過去，自己解開袋子、將食物倒進盤子裡，並在放下餐具後，將湯匙叉子塞進Sky的手裡時，Sky仍是睡眼惺忪的模樣。

「昨晚沒有睡。」

「那在做什麼？」Phraphai問，雖然他其實猜得到答案。

「在做要交的作品，早上才做完，我怕睡了會起不來，就直接出門去上課了。有在講座的課上睡了一下下。」Sky一邊說，一邊甩頭趕走幾乎讓他一躺下就會睡著的睡意，手上還舀著滷蛋放進飯裡。一看就知道，他沒什麼坐下來細細品嘗美食的心情，完全不是Phraphai原先期望的樣子。

不過男人也沒有感到失望，原先是想來一起吃飯兼逗小孩的，但現在的他必須時時注意，不要讓那小孩拿頭去沾盤子。

「也吃點肉。」Phraphai舀著鮮嫩多汁的豬腳放到盤子上，看著房間的主人一聲不響地舀了一大口放進嘴巴哩，然後慢慢地嚼著。

「好好吃。」

聽的人也知道Sky應該沒有心情坐下來稱讚滷蛋跟豬腳的香味四溢及醬汁濃郁入味，或者跟香料炒得很香、肉質鮮肥的蟹肉有好吃，但Sky還是很努力地稱讚，避免讓他傷心，這讓他露出了一個寵溺的微笑。

「我買了很多，等下睡醒再起來吃一次好了。」Sky點點頭，乖乖地同意了。

直到兩人吃完飯、喝完水後，Phraphai將盤子拿起來、提在手裡。

「去刷牙然後睡覺。盤子我等下洗。」男人拿起Sky的空盤，疊在自己的盤子上，並起身將剩下的配菜放進冰箱，但當他轉回來拿空杯的時候，那個他趕去刷牙的人卻已經平躺在地上，一副隨時可以睡著的樣子。

「Sky，去床上睡。」

另一方用搖頭代替回答，然後翻身將臉朝向床的那邊，這讓看的人笑了出來。

對啦，我覺得很可愛。

「過來。」Phraphai直接靠過去，撐起掙扎著、試圖想躺回地上的人，出力將那個昏昏欲睡的人扶到床上躺好，而一接觸到床墊的柔軟，原本哼哼唧唧的人就緊緊抓過棉被蓋好，將頭埋進柔軟的枕頭裡，一臉幸福地睡著了。

Sky睏到沒有將摸他頭的手撥掉。

如果有人問Phraphai失望嗎？當然有一點，奮力驅車

去買、接著來找他，但對方不只沒有好好享受他帶來的東西，還在沒說上什麼話之前就睡著了，但一看見那小孩十分疲憊的臉，他就氣不下去了，只能這樣摸著柔軟的髮絲。

「已經這麼睏了就直接去睡好了，居然還撐著幫我開門吶～～」

這時候，Phraphai才覺得自己錯了，他沒有考慮到這孩子方不方便，就硬是要來找他。

「嚇！居然還沒睡著。」以為已經睡著的人微微撐開眼睛，用想睡覺的聲音說：

「因為Phai哥說要來，所以我努力不睡著，不然你會進不來。」

嗯!?

Phraphai睜大眼睛、看著再次閉上眼睛的人，不確定自己是否聽錯了。另一方面，說話的人也越講越小聲到他必須把頭側過去、靠近去聽。

「如果睡著了就會睡很久。你說要來，先幫你開門之後再睡……」語句的結尾沉默了下去，同時，平穩的呼吸聲也告訴他，不同於坐在原地發愣的人，那個愛睏的小孩已經進入夢鄉了。

比起下課就回來睡覺，那個人因為他打來說要過來、怕他會進不來而忍著睡意先等他是嗎？Sky在跟他說這件事，對吧？明明他才是那個硬要過來、硬要買東西來的人，而這小孩可以不管他、直接去睡的，但Sky仍然在等他、等到他

來了才願意去睡覺。

「哥要忍不住了喔。」Phraphai壓低嗓子說。

平常都給他冷臉看，但每次脫口而出的時候卻又總是讓這個男人感到悸動。

唰！

此時，身體的動作比大腦快多了，因為他再次意識到時，他已經緊緊抱住那個小孩，將臉埋在頸窩裡了，忍不住用側臉蹭著那柔軟的臉頰、感受肌膚的溫度，但這樣還不夠，他想要狠狠地品嘗這可愛的小孩一番。

「嗯……」

但睡著的人偏著臉躲開了，將臉在枕頭裡越埋越深，直到Phraphai的鼻尖重重地抵著他的臉頰。

現在要罵他在別人睡著時佔便宜，他也就認了，都是那個小孩太令人想上了再說！

直到想要的慾望消失才退了開來。

「晚安，我不吵你了。」

Phraphai還沒有饜足，他仍然想好好地品嘗床上的人一番，但不是指掰開雙腳插進去啦，他只是緊緊抱著、親到留下痕跡，讓Sky掙扎逃開後瞪大眼睛看他，但既然無法那樣做，他也就在耳邊用憐愛的語氣低語，再次將鼻尖抵在臉頰上後，起身站好。

今天先這樣就夠了。

深邃的眼睛凝視著在床上幸福沉睡的人，然後他拉著被

子、溫柔地蓋好，臉上露出微笑。

　　醒的時候，看起來是真的面無表情又冷漠，但睡著的時候卻十分天真純潔，尤其是他意識不清時說的話，都讓Phraphai足以知道Sky的本性是個愛撒嬌的人，而他非常想成為那個被撒嬌的人，因此只是跑來當個外送員也沒什麼大不了的，他準備好要做得更多了，不過現在⋯⋯。

　　「啾！要夢到我呦！」

　　男人在額頭上印下一個吻、許了願、拿出手機拍了照片，關上燈之後就離開房間，讓想睡覺的人能好好休息。

　　呵！Phraphai這傢伙居然也有只得到一張相片就滿意的一天！

　　「嘿，來很久了嗎？」

　　「比叔還早一點而已。」

　　有人拍了拍Phraphai的肩膀，讓正沉醉在手機照片裡的他將視線從那張男孩埋在枕頭裡熟睡的圖片上移開，看向剛到的人，並在打招呼的人在身旁坐下的時候，將手機收進包包裡。

　　男人今天沒有去繞著忙於寫報告的人轉，而是在一處頂級飯店的頂樓酒吧與親生叔叔有約。

　　「叔還是一樣的顯眼。」

　　「比不上你啦！」

　　Phraphai大笑，他知道那不是真的，叔叔比自己還要出

眾多了。

Fros叔叔，他的親叔叔，也是父親唯一的弟弟，而且因為不是計畫中的孩子，所以跟他爸差了非常多歲，也因此對他們三兄妹來說，叔叔更像是大哥，而非長輩。雖然後來這陣子不太常見面，因為Phraphai忙於父親公司的工作，而另一方也忙著自己的工作，但那並沒有降低兩人之間的親近，而且叔叔還是一樣帥，讓Phraphai這種對自己的長相很自信的人也願意舉白旗認輸。

Fros叔叔今年要三十八歲了，但這個男人並沒有給人一種即將邁入中年的感覺，反倒因為深邃的臉孔而看起來年紀更小；高大的身材仍維持得很好，不亞於年輕的時候；此外，一身深色牛仔褲及長袖襯衫的打扮更令人難以置信這是一個接近四十歲的人，唯有他身上那嚴謹又令人敬畏的氣場，說明了Fros叔叔不是一個可以單從外表去評斷的人物。

最佳的證據就是許多看過來的好奇眼神，雖然有一半的人是在看他。

「叔把我叫出來，是有什麼事情嗎？」

「現在要有事才能把你叫出來了嗎？」Fros叔叔挑眉，聽者則笑了出來。

「只是想看姪子的話，叔去家裡也行吧？」Phraphai識破地說，看著從服務生手上接下飲料、緩緩地拿起來輕啜幾口的人，任由周遭被沉默覆蓋了一會兒，製造出一點緊張的氣氛。不過，所謂的緊張是對別人而言，可不是對熟悉叔叔

真面目的姪子。

「嗯，我有事情要說。」意思應該是，叔叔想先來跟他諮詢一下，然後再告訴家裡吧。

「那你咧？最近怎樣？那個男孩滿可愛的！」叔叔還不進入正題，反而朝包包裡的手機點了點頭，光這樣就可以說明叔叔看見他盯了好幾分鐘的照片了，於是身為姪子的人笑了。

「不是滿可愛的，是非常可愛才對！」

Fros叔叔瞪著他看，而Phraphai也沒有想掩飾自己對照片中男孩很感興趣的事情。

「Phan那傢伙沒有說給叔聽嗎？」男子接著說下去，像是識破的樣子 —— 相信他，就算叔叔沒有跟他住在同一個屋簷下，但最小的那個會打電話去報告所有的變化 ——而這也讓聽者的嘴角露出一絲微笑，點點頭承認了。

「有說你是認真的。」

「就是那樣。」Phraphai拿起飲料、喝了一些，他一樣也沒想到，跟叔叔說自己對某個人認真了的這天會來得如此之快。

「對了，你知道這件事了嗎？前一陣子，Phleng打電話給我，讓我在飯店開一間房間給他。」叔叔向他更新了老二的最新動態，這讓身為大哥的人皺了眉頭，以眼神代替回答。

「他打來哭說，好想得到這個人但還沒到手，所以求我

幫他開個房間什麼的。現在呢，整個人就無消無息了，大概是如願以償了吧。」

「叔太順著 Phleng 了，這樣會把小孩寵壞的。」

「是我太放縱你們幾個，放縱到被嫂嫂怨懟才是吧！」最大的姪子大笑出聲，因為事實就像叔叔說的，他們三兄妹之所以那麼任性，就是有年輕的叔叔在背後撐腰 —— 看看 Phleng 那小子，哪有人打電話讓長輩幫他在飯店開房間，就只為了將男人拉上床的？而且他叔叔還真的開了！但還能怎麼辦？他弟是叔叔最愛的姪子。

「不過，你們有開心到就太好了。」

Phraphai 止住了笑，看著對方沉默，疲憊地嘆了一口氣。

「叔跟 June 嬸嬸又怎麼了嗎？」

聽者放下了飲料杯，然後簡單地說：

「我正準備要離婚。」

Phraphai 頓了一下，但還是點了點頭：「我猜也是。」

他想起那位漂亮高傲但不太對盤的嬸嬸，雖然不覺得這兩個人的婚姻會長長久久，但他們也結婚七年了，算是比他們三兄妹所預測的還要久很多了，他的意思不是指他叔叔看錯人了，而是叔叔曾經對愛情失望，所以他並不在乎是跟誰結婚，對他來說，那個人是誰都沒有差別，因此只會吸引到看上他的外表跟錢的女生而已。

Fros 叔叔跟 June 嬸嬸分床睡好多年了，他怎麼可能不

知道。

　　既然叔叔不愛那個女人，也沒有愛上她的可能，那還是離婚好了，或許是這次叔叔提出的錢夠多，那一方才終於答應要離了吧——結婚那時還大吵大鬧說叔叔侵犯她，但事實明明就是兩人合意的，而且後來還跑來跟他媽媽告狀說，叔叔很不用心、沒有好好照顧她——結果一拿到錢就答應了。

　　「這就是告訴家裡之前，要先跟我說的事情嗎？」

　　「嗯，其實我還在想要怎麼跟Phleng說。」

　　緊張的Phraphai反而笑了，一開始還以為叔叔是擔心必須要離婚，但才不是呢！結果是來問他該怎麼跟老二那傢伙說的。

　　在三兄妹之中，Phleng跟叔叔最親近，而且相信嗎？那小子一聽到叔叔要離婚、回復單身，他弟反而會哭，擔心叔叔到無法做任何事情。

　　「我就說叔太順著Phleng了。」

　　「他是親愛的姪子嘛。」Fros叔叔摸著下巴，輕輕地笑了：「我要講的是這個：June之後大概還會去家裡好幾次，你就幫忙看一下囉。」

　　去家裡的意思大概就是去飆罵吧。

　　「嗯哼！我再叫Phan『備戰』一下。」在他對即將成為叔叔前妻的人使用「備戰」兩個字，Fros叔叔沒有再多爭論什麼。

鈴～～～

「叔等我一下。」年輕的叔叔點點頭，而姪子則掏出手機看了看，但一看見是誰來電，眼睛就立刻瞪大。

他的可愛小孩。

「Sky是想我嗎？」

Phraphai回道，但那一頭……

「Phai哥來找我一下！」

古銅色皮膚的男子立刻站了起來，更嚇人的是那頭電話就掛斷了，而且打回去還沒有人接，感覺得出來打來的人聲音顫抖、像是在哭一樣。

「對不起了叔，有急事，我先走了。」話一說完，講話的人就著急地大步離開酒吧，不管叔叔有沒有點頭答應。他太過擔心打來找他的那個人了，該不會是身體不舒服，然後在浴室跌倒了之類的吧？

他越想，心臟就跳得越快，凌厲的臉上也越顯凝重，雙腳很快地跳上車，然後飛快地駛了出去。

希望不要發生什麼事啊！

砰砰砰！

「Sky！幫我開門！」

Phraphai也不管什麼基本的禮貌了，他一停在房門口就握拳重重地敲在房門上，擔心房裡人地大聲呼喊著，然後更令他心驚的是房間主人來開門時蒼白的臉色，不過那因恐懼

而劇烈跳動的心臟緩和了一些，至少，打給他的那個人還有辦法來幫他開門。

「發生什麼事了？你有沒有怎樣？」雙手抓著男孩的臉頰，左右翻看，眼神掃過整張臉。

「你這是在幹嘛？算了，快點進來！」原本的心驚變得更加驚嚇，因為Sky從臉頰上抓下他的雙手，然後像個走投無路的人一樣拉著他進房間，他深色的眼睛掃過房間四周，探尋著讓這小孩變得很奇怪的原因。

不過，比以往更加凌亂的房裡讓他的眉頭緊靠在一起。

「所以到底發生什麼事情？」Phraphai不相信Sky只是要叫他來而已。如果是別人，他不敢保證，但對這個能躲就躲的小孩來說，一定不是這樣。

房間主人沒有回答，只是把他拉向雜亂的工具堆，推著他的肩膀、要他坐下，雖然不是無法抵抗，但心驚之人還是願意乖乖照做，看著Sky在房裡跑來跑去，拿著這個那個還有剛動工的模型結構等東西來放到他的身邊，接著用嚴肅的語氣對他說：

「哥看到了嗎？像這樣把紙貼上去，不可以歪掉喔！Phai哥快一點，時間不夠了。」

「啊……啊？」

「看我的臉幹嘛，看我的手，這邊，快看！我在做給你看！」他一出聲，Sky就啪的一聲拍上他的手臂，用手指著，要他看正在示範的手，直到他低頭跟著看後，兇他的人這才

滿意，開口解釋正在做的結構，雖然他一點也不懂，只知道一件事……。

「好，那哥做吧！小心喔，作品是明天要交的。」

他是被叫來……使喚的。

此外，下令的人一把話說完，就奔去坐在電腦前面，神情緊繃地修改著螢幕上的3D結構圖，留下他跟那個他也猜不出來完成後會長怎樣的結構模型。

「等等，所以Sky是把我叫來使喚的!?」

直到理智冷靜下來，他這才大聲地叫了出來。

「嗯，幫我一下，我要來不及做完了。教授在中午的時候派了明天要交的新功課，而我有其他科也是明天要交，我沒有時間了。啊!!十一點了嗎？我還能不能睡覺啊！」Sky看著時鐘、壓力很大地嚷著，但Phraphai的壓力更大。

這次他笑不出來。

從飯店到這棟宿舍，他一整路上擔心對方到快瘋了，但除了聲音顫抖地叫他來以外，對方沒有其他任何的解釋。男人承認，就算他不是個會想太多的人，但還是生氣了，氣到低沉的嗓音裡只剩下不悅，沒有平常愛鬧的樣子。

「Sky大老遠把我叫來就是要我來幫你做事？好，我知道你只把我看成一個不停糾纏你的神經病，但你可以想想我的感受，以及我會有多擔心你嗎？但這些都只是因為你明天要交的作品!!」Phraphai不太會生氣，但一氣起來就很可怕。他晶亮的眼睛正死盯著將椅子轉過來的男孩，看上去男孩一

樣也嚇到了。

「我……」

就在 Sky 知錯地咬著下唇，眼神左右飄忽不定，沉默了好一陣子時，大個子也為了冷靜下來而閉上眼睛。

「算了，是我自己在發瘋。這是明天要交對不對？」

讓他死了吧！都要氣瘋了，卻還是照做了。

他不知道自己能幫上多少，因為他的手現在仍舊氣到顫抖。

「Phai 哥。」

「不是很趕嗎？」

那小孩移動過來、坐在他背靠著的床邊，但男人只是冷聲地問著，眼睛仍沒有離開手上的紙張，於是他險些要折斷手上的紙，在……

「!!!」

在他被扶著臉、嘴巴上被印了一個軟軟的吻的時候。

Phraphai 瞪大眼睛，看著近在咫尺的那張臉，臉上所有的細節都一清二楚，就連蓋在白淨臉頰上的濃密睫毛也一樣，感覺得到指尖正穩穩支撐著他下顎，還有多汁的唇瓣緊緊壓了上來，微微退開又再次赴返，用力地吸吮著下唇，然後軟軟的舌尖從裂縫中直接探了進來。

柔軟、可愛、甜美，令人忘卻了一切。

「嗯～～」再加上正在用舌尖討好他的人發出的微微呻吟聲。不過，在 Phraphai 要反擊之前，吻他吻到自己臉紅

的人就先退了開來。

　　接著，Sky用著急又討好的語氣說：

　　「對不起，但幫幫我呐～～拜託。」

　　對，Phraphai是在生氣，但他也聽見自己的聲音只回答
了……。

　　「嗯。」然後低頭專注在交付給他的任務。

　　他的氣隨著這小孩放心的微笑一起消散了。

　　他到底有多讓著Sky啊 —— 這是一個問的人自己也還
不敢找答案的問題。

第十二章

盲目之人

Sky意識到自己並不想讓Phai哥生氣。

最一開始，男孩是刻意要讓Phraphai停止打擾他的，不管是用冷漠以對、用鄙視的眼神看他，或者無視忽略，但也不知道從什麼時候開始，他越來越在意對方、越來越相信他，因此，當他昨晚作品做不完、整個人要理智斷線的時候，還來不及好好思考對策，他就帶著快要爆發的壓力打電話給那個人了，而且他也不懂，為什麼他一看到對方來找他時那張擔心的臉，原本的壓力就緩解了。

一開始想大吼大叫、釋放壓力的狀態消失了，剩下的只有安心，然後又在Phai哥爆炸的時候，感到比原本更多的壓力。

他一次都沒有看過Phai哥生氣，但一看到就很焦慮。

男孩很確定他不是怕Phai哥會殺了他，他害怕的是Phai哥會轉身離開他的房間，從此消失不見，這些都推動著曾說不可能會接受這個男人的人，讓他主動將大個子拉過來吻。他不知道他這樣做的原因是什麼，但他想親吻那個人，而且不為此感到難過。

並非因為他沒什麼好損失的，而是那眼裡如熊熊烈焰般

燃燒的怒火，只剩下燃燒過後的餘燼。

Phai哥不生氣了！

不過在那之後，他也沒有更多的時間可以研究自己的心思了，因為時間正一分一秒地在逼近，他做著自己的部分，Phai哥也幫忙做著他拜託的部分，久久才會轉頭講個話，但都是Phai哥在問接下來要怎麼做、這樣做對嗎，而他也趕緊回答完就轉回來繼續工作。好不容易能夠睡覺的時候已經是凌晨四點半了，於是男孩也沒有去想太多，即使是大個子跟他睡在同一張床上的事情，他們連一聲晚安都沒有說，閉上眼睛就睡著了。不一會兒鬧鐘就響了，但不是他的鬧鐘，而是Phai哥的鬧鐘讓他跟著醒來。

「我借一下廁所。」

房間的主人就點了點頭，起床將畫好的設計圖收進圖筒裡，收攏好文具放進背包裡。Phai哥一走出廁所，他就抓著衣服進去沖澡了，要說他是不想在此時面對也可以，因為當有時間可以思考的時候，愧疚感就戳進了Sky的胸口。

他怎麼會幹出這種叫Phai哥來供他使喚的事情啊？想來就覺得自己很自私，他們根本什麼關係也沒有，Phai哥會生氣也沒什麼不對，這讓他不敢對上眼，他不知道那個男人的心裡會怎麼想。不過，當他一走出廁所，那個他以為得趕緊去工作的人仍坐在床上等他，並且已經幫他摺好棉被了。

「走吧！我送你去系上。」

Sky也可以拒絕，他還有些時間才要去學校，但他也不爭辯，一手抓著背包，另一邊拿著圖筒，更沒對Phai哥拿著那個他幫忙做了大半的模型說什麼。

　　「下次來找你的時候，我開車來比較好對吧？你這樣子不好坐。」

　　平常的話，他就會反駁說不需要來接他，他可以自己去任何地方，但被愧疚感填滿的此時，也只能跳上重型機車的後座，把東西都夾好，然後接過模型、自己拿好，像用生命保護一樣好好撐著，就如同Phai哥說的那樣——不好坐。

　　人是不會摔下去啦，怕的是手中的物品掉下去。

　　男孩不知道Phai哥的重機是哪一種車款、價格是多少，又或者其實是這個男人買來飆速、用來幫忙哄騙那些在後座會摟腰依偎的男男女女，而不是用來載他這個東西一堆，而且把它們比自己的生命看得更重的人的。不過Phai哥仍騎得很慢，將人跟物品都完好無缺地送到了系上。

　　「來，我幫你。」一到達就伸出手、幫他拿好模型，等到Sky從後座爬下來，才帶著和煦的笑容送還。

　　Phai哥已經把安全帽脫掉了，所以男孩能看見他雙眼中滿滿的笑意。

　　若是Sky不遲疑的時候，他就轉身走進系館了，連回頭看一眼都不會有，但才沒過幾周，他就不能忽略Phai哥了——一知道對方要來，他就努力撐著眼皮等，更不說用昨晚使喚人家好幾個小時的事情了——所以他只能猶豫地

站著，想著應該要說什麼才好？是「謝謝」呢？還是「路上小心」呢？

但不管是哪句話，都取代不了他現在的感覺了。

「Phai哥，我錯了。」說話的人愧疚地抬起眼睛。

「那你過來，我要用親臉頰一下來處罰你。」

「你瘋了嗎!?」他這麼認真，但Phai哥卻笑了，還伸手過來抓他的手臂，還好沒有太大力、害他手裡的作品掉到地上，不然他保證絕對會用美工刀在那人的胸口戳上一刀，他只能翻著白眼、發出警告聲，直到看見Phai哥明顯鬆了口氣。

「就你說你做錯了，所以我要處罰你啊，哪裡有錯？」

「好好笑喔！」

「那我笑給你聽。」

每一次，他大多是諷刺地笑笑，但現在卻不小心抿了嘴。

Sky又不傻，他知道Phai哥搞笑是為了不要讓他在這奇怪的氛圍裡感到尷尬，但他不喜歡欠別人，所以又說了一次。

「我真的很抱歉。」

面前那人的笑變少了，放開了抓住手臂的那隻手，然後過來碰觸他的臉頰。

「相信我，我沒有生氣了。」盯著臉的Sky似乎不太相信，而Phraphai也立刻就看穿了。

「好啦，我昨天有生氣，但現在已經不氣了。我這麼常自顧自地跑來，你都沒有生我氣了，而且你一有麻煩就想到我，我應該高興才是。另外……報酬還滿值得的」說話的人將視線放在嘴唇上，眼裡意有所指。如果是之前，Sky就罵回去了，但最近，他開始抓得到對方半真半假的話裡藏著的擔心了。

就算男孩現在頭也不回地轉身回系館去，Phai哥也不會生氣了，反而變成他會生自己的氣。

「是嘛，用勞力就換一個吻。」

「人人對貴賤的看法不一樣。對我來說，Sky一直很珍貴。」隨著手掌在臉頰上的撫摸，Sky的臉很快就燙了起來，但他還是一言不發（用「說不出話來」可能比較正確），只能望著大個子，看著對方溫柔地退開手，用遺憾的眼神繼續看著他的雙唇。

「我先走好了，待久了等下忍不住。認真上課喔！」

男孩仍站著不動，望著戴安全帽的Phai哥。

「對了。」在離開之前，Phraphai掀開安全帽的面罩。就算看不見嘴巴，但從眼神就可以知道他在笑。

「如果下次很辛苦的時候，還是可以叫我來幫忙！不過也請跟我說是來幫忙做事的，我不想像昨天那樣嚇得半死了，可以嗎？小乖。」話一說完，講話的人就將雙手放到重機的握把上，抬起一隻腳準備換檔。

「Phai哥！」

「是？」

「幫我拿一下。」Sky主動喊了人、上前一步將作品塞進男人的懷裡——大個子趕緊小心接好，生怕它會壞掉——接著他又道歉說，是因為愧疚感讓他要做接下來的事情。

「這是哪招？嗯？」

Sky不理會這個問題，他將安全帽拉高到Phai哥的鼻子附近，並沒有全部都脫掉，然後……。

啾！

在大個子的震驚中，他湊上去重重地吻在唇上。

在不到幾秒的時間裡，感覺卻像地球停止轉動一樣悠長。

男孩感受到他碰上一團溫熱，忍不住輕輕地吸吮了一下後，才紅著臉退開，不過他也只是將全身僵硬之人的安全帽拉回原本的樣子，接著低頭小聲呢喃：

「我表達過我的歉意了……你回去小心。」

Sky話一說完就大步走進系館，後面有個找回理智的人大喊著：

「可以再一次嗎？我剛才來不及反應！」

「你回家睡覺啦，掰！」在緩緩走進大樓的時候，他大吼著回應。不管Phai哥要說什麼、有什麼反應了啦，他只知道……現在害羞得要死。

Sky可以發誓，他這麼做只是因為愧疚感而已，真的沒有其他的意思混在裡面……真的！

「噢～～親愛的兒子，你今天沒有要去哪裡浪蕩嗎？」

「媽，你今天超美的！啾啾～～」

「小壞蛋！」

太陽剛告別天際不久，家裡的大兒子就提著安全帽走進來，一臉心情很好的樣子，直到三兄妹的母親不得不訝異地走來看看狀況，開口招呼自家兒子。不過今天Phraphai回來的樣子很奇怪，他走來環住母親的腰，低頭用鼻尖重重地蹭著她的臉頰，讓身為媽媽的人嚇了一大跳。

他每次沒到半夜是不會回家的，但今天卻回來得又早、嘴巴又甜。

「兒子，你不是在哪裡出了車禍吧？」母親懷疑地問。

「吼！媽，你怎麼能對兒子這樣講話，我也是會傷心的喔。」

「你這種人會傷心？只會讓別人失身而已吧？」

「偶爾看一下我的優點啦，怎麼最近的人都只看見我的缺點？不過沒關係，很可愛，我不介意。」聽者腹誹，人家沒有在稱讚你，眼睛是看到哪裡去了？

「對對，很可愛，但你可不要害人家女孩子懷孕！還有，你吃晚餐了嗎？」

「還沒有，我今天是乖寶寶，一下班就直接回家睡覺了。」

喔吼！Phraphai這小子直接回家睡覺？直接回家跟誰睡

覺還比較有人信吧！

「不要那個表情，是有人叫我趕快回家睡覺啦！我先去洗澡好了。」說完，那個外型帥氣、玩了一夜還能面不改色直接去上班的兒子就穿過客廳，而且還順便跟坐著削蘋果的小妹說……。

「Phan，妳今天比平常還漂亮喔！」

「欸!?」妹妹叫了出來，一副不敢相信自己耳朵的樣子。

Phraphai不曾稱讚過自己的弟弟妹妹，不管弟弟再可愛、妹妹再漂亮，他嘴上總是說沒有把他們看在眼裡，但今天卻滿口讚美，讓Phraiphan也很快就損了回去：

「哥才是吧？你是腦袋異常了嗎？」

「妹，不要忌妒別人開開心心的！」說完就哼著歌走向樓梯，一邊又隨口稱讚家裡的幫傭，那個漂亮、這個可愛，然後才上了樓梯，而且呢，就連樓梯間那個玻璃大缸中的魚，隱約都能聽見他讚美了幾句，直到母女倆轉頭面面相覷。

「你哥怎麼了？」

「戀愛了吧。」Phraiphan大笑，聽到這話的人則將雙手高舉在頭頂。

「上天保佑，希望是真愛！男的女的，媽媽我都可以接受，只要他能停止風流就夠了。」

「媽，他那個叫『隨便』啦！」Phan笑得開心，直到

被母親捶了一下。

「吼！媽～～會痛耶，Phan不吵不鬧了好幾個月，你幹嘛還教訓我啦？」

「我到底怎麼養小孩的？這都生三個了，怎麼還是不管兒子女兒，都沒一個像他媽？」

「因為你讓Fros叔叔幫忙養育我們啊！」女兒頂了回去，而母親則送了一記斜眼過來。

「我還是吃蘋果好了。」Phan大笑，然後低下頭繼續削著果皮，因為她剛好知道是誰讓她哥這麼早回家、沒有繼續去玩，而且還心情好到四處稱讚別人。

跟這個人也好幾個月了，看樣子滿認真當一回事的。

同一時間，已經在同個人身上忙了好幾個月，而且還不想說給弟弟妹妹可憐他只在約四個月前得到過那個人一次的大哥哼著歌走進了廁所。洗完澡就撥著頭髮走出來坐到床上，另一隻手拿起手機來看，不預期會收到什麼，因為今天早上已經得到最好的了。

單單一個吻居然就能讓Phai這種人一擊斃命！

昨晚那個已經夠有威力了，但早上這次的破壞力更是多上十倍。

男孩猶豫地看著他，眼神還不太確定，但仍然拉起他的安全帽、為親吻他開道。時間雖然只有幾秒鐘，但什麼細節他都記得一清二楚——鑽進鼻子裡的肥皂味、柔軟且令人

想染指的雙唇上的觸感，還有在他下巴碰觸的指尖 —— 可以說，今天之所以沒精神工作不是因為沒睡飽，而是還沉浸在那個吻中、無法回復。

他再度覺得，Sky是這個世界上最可愛、他最想要的小孩了。

對耶，他現在已經把Sky放到世上第一的位置去了。

那個臉上靜靜的、有柔軟頭髮、漂亮眼睛及紅通通的嘴唇，怎麼看都不會膩的小孩。

這個想法讓他下定決心要做些令人不敢置信的事情。

「刪掉。這個也刪了。這個是朋友，留著。這個刪掉，好多都刪掉。」Phraphai進入手機通訊錄，從第一個名字開始滑，看到名字後面有加愛心的，男人就毫不考慮地刪除掉，因為這些通通都是床伴，有些是一夜情，有些是固炮。不過這幾個月來，他不太在玩樂場合露面，唯一不能缺席的活動是賽車，除此之外，就只有到大學宿舍區充當外送員了。

既然都不會聯絡了，那就快快刪掉吧！而一坐下來滑才發現真的很多，不是在開玩笑的。

鈴～～～～

手上的電話突然響起，然後顯示的名稱是他還沒有刪到的O字頭，但上面那顆該死的愛心讓Phraphai想笑。

「你好。」

〔Phai哥，還記得底迪嗎？〕

哪個弟？我不知道，我現在只認識Sky弟一個。

　　「嗯。」但Phraphai還是接了話，雖然心裡想起的是Sky不讓他喊「弟」的事情。

　　「哈哈哈。」突然就笑了出來，因為他硬是聽見了一聲「做作」。

　　〔Phai哥在笑什麼？〕

　　「沒什麼。有什麼事情嗎？」

　　〔我好想念Phai哥。〕

　　電話那頭用裝可憐口氣說著，以往的Phraphai會陪他玩，但現在的男人卻只覺得好笑。

　　「但我有別人可以想念了。以後不用再打給我了，我有正宮了。掰掰～」接著就馬上掛掉電話，不在乎電話那頭仍要約他去哪，老實說一點心情也沒有。不過，如果約他的人是臉頰軟軟的那個小孩，他大概不做二想就會答應了吧。

　　之後就繼續刪著通訊錄，花了不少時間才刪完。不過男人並沒有去睡覺，而是打開了通訊軟體。

　　……我照Sky說的做囉，一下班就回家睡覺。快點給我獎勵吧！……

　　一傳完就起身伸展了一下手腳。

　　叮～

　　「哈哈哈哈哈，要死了！是要多可愛啦！」

　　Phraphai一聽見提示聲就拿起來看，但Sky只傳了一張貼圖，上面的蟑螂下了一排長長的蛋，藉此呈現那一端無言

的表情，這端的人因此捧腹大笑，太想把露出那種表情的人親到抗議為止了。

不管啦，有人要說Sky不可愛就去說，他一個人覺得可愛就夠了。

不知道是不是自己想太多，但最近不管Sky做什麼，在他眼裡通通都好可愛。

「難道我真的盲目了嗎？」

那時候只是想撩一下，但現在卻變成真的了⋯⋯愛情使人盲目。

「不過，如果讓我盲目的是這個人，就隨他去吧！」

Phraphai說，然後就躺下來睡覺，飯也不用吃了，因為心已經飽了。

在Phraphai來幫忙做事後，已經過好幾天了，但Sky還是忘不了他把那個人拉來吻的事情，他曾經以為自己不會有感覺，卻不知道為什麼還忘不掉。此外，在Phai哥要來找他的時候，他要嘛是回「不用來找他」，要嘛是「去跟朋友一起做作品了」、「作業很忙」或者「傍晚在睡覺」，所以最近都只有掛在門上的食物袋子照舊，但人一看就是那樣笑容滿面的。

「最近心情很好？」

「也沒必要心情不好吧？」

Sky回頭看向狀態與屍體無異的好友，聽說那份他叫

Phai哥來幫他忙的作品，一樣也快把Rain操死了，所以這幾天來，這傢伙完全呈現快死了的樣子，哪門課是講授課，他就會不停地睡、睡到教授想扭斷他的脖子。

不只是他，同主修的有半數以上都呈現同個狀態。

「Phai哥還持續在追你對不對？」Rain癟了一下嘴，然後面不改色地轉換了話題。

聊什麼都好，只要不是作品跟作業都好，現在再聽到就要吐了。

「我不知道。」Sky直接說，然後低頭隱藏自己的眼神。

他跟Phai哥的關係看似有在前進，但在Sky看來仍不太明朗──先前，他很確定對方接近他的原因，只是想跟他上床、想壓過他、想贏他，或是任何那個男人覺得好玩的原因，但現在卻不敢肯定了，他真的不知道，一個來玩玩的人是否會願意照顧生病的人那麼多天、常常為他送東送西，還來幫他做作品。

他不確定Phai哥有多少招數，但他知道的是，自己沒有好到要讓對方做到那種程度，於是，男孩現在真的不確定Phai哥在想什麼。

「啊？怎麼可能不知道？」

「不知道就是不知道！我先去買飲料喔，你要喝什麼嗎？」

「我要一杯紅糖水，我需要糖分！」他換了個話題，Rain也願意放手，從那副半死不活的樣子看來，他大概也

沒什麼心情插手別人的事情了，因為話才一說完，他就趴到書上，直接放生 Sky。

直到拿到兩杯飲料之前，Sky 自己也在想著這件事，而且若不是有招呼聲，他大概會繼續不知道有人站在他的後面。

「Sky。」

「嘿，Ple。」

他也跟同主修但正一臉苦惱的漂亮女生打了招呼。

「你是不是有什麼事？」

「想跟你聊一下。」Sky 挑眉，但仍點點頭，跟著朋友走到大樓的角落。

雖然他跟 Ple 是同個主修的同學，同時也都是系學會的成員，但最近這一陣子，對方跟他不太講話，有事情的時候，都會拜託 Six 來講，而 Sky 也明白原因是什麼，就跟 Som 學長，也就是女孩他哥一樣啦。Ple 是死 Rain 曾經追過的人，而同時呢，Ple 崇拜 Phayu 學長也是眾所周知的事情，所以當知道 Phayu 學長情定臭 Rain —— 或說是 Rain 被拖去吃乾抹淨了 —— 之後，就遠離了他們，最近也很明顯看得出來她在躲 Rain。

「什麼事呢？」

女孩看起來有些尷尬，過了一會兒才說出口：

「你是不是覺得我個性不好？」

「為什麼這麼說？」

「就Rain的事情啊！」Ple深深嘆了一口氣，抬起手摸了摸臉，然後像是再也忍不住了一樣說：

「我也知道我的個性是真的不太好，一看到Rain跟Phayu學長在交往，就偷偷不開心、不想跟他說話，但我就覺得不舒服嘛！我知道不管是Sky還是Rain都沒有錯，但你能理解看到偶像死會了，忍不住會有點不開心的心情嗎？但我也不想因為自己的不開心而失去朋友。我不知道Rain有沒有因為我這樣而很生氣，所以我想跟你們知道，我沒有接受不了Phayu學長跟Rain在一起，我是羨慕，但沒有見不得人好，懂了嗎？」說話的人抬頭看了過來，眼睛裡紅紅的。

「大概懂。那你為什麼不自己跟Rain說？」

Ple一臉尷尬，然後才小小聲地叫說：

「就很丟臉嘛！Sky，不要再鬧我了！」Sky笑了，他這才知道為什麼好友從開學就一直對他們陰陽怪氣的。

「你想想，我隨口對你們講過多少關於Phayu學長的瘋話，突然間，聽我發花癡的人就成為Phayu學長的男朋友了，還有他們那麼相愛，我隱約聽說Phayu學長有幫Rain做Wichai老師出的功課，光是想到Phayu學長不時會送飯送飲料、幫忙做作品、坐著裁模型，還會走過來聊聊，這些花癡我全都跟他親愛的男友發過，很令人害羞耶！誰會不害羞啦？」Ple一口氣把話說完，然後才總結為什麼要告訴他。

「幫助我跟Rain和好啦！」

「Rain那傢伙從來沒有生過Ple的氣。」

「我不好意思自己走去跟他講話啦！你就幫忙一下、裝沒事叫我過去聊聊天嘛！我不想因為羨慕追走我崇拜的人就失去一個朋友。」Sky大笑，點點頭當作答應。

「嘿！很好很好，我從Phayu學長的粉絲轉向支持好了⋯⋯也會支持你喔！」

「我？」Sky重複了一次，這讓身為朋友的女孩眼睛閃閃發亮，身體移近了一點，竊竊私語說：

「前幾天的親親，我看到了。」

聽者沉默了，但Ple沒來得及注意到。

「好羨慕喔！有人幫忙送飯送飲料，幫忙做作品還有接送，Rain也是，你也是，我看了之後好想也有一個，但都沒有時間找。」說話的人看起來心情已經好到會說笑了，還能偷婊他們系上的人只有睡覺跟做作品的時間，沒有交男女朋友的時間。

「那才不是我男朋友。」男孩搖了搖頭，但女孩誤會成別的意思，臉馬上就沉了下來。

「Sky，就我或許不小心對Rain做了不好的事情，但不是因為我無法接受兩個男生在一起喔！真的，我能接受這種事情，不需要隱瞞我的，Sky。呃⋯⋯」說話的人漸漸沉默了，而Sky則自己接了話，說自己是同性戀，但她沒有要掩飾什麼，他講的是真的。

Ple也趕緊接著說：「我說過了，我只是羨慕。」

「但沒有見不得人好。」Sky點了點頭，他接的話讓聽的人笑了開來，緩緩地點點頭。

「OK，Rain的事情，我會幫你處理，你不要擔心，他沒有在生Ple的氣啦！不過，他大概會生我的氣了，因為冰塊要融光了。」說完就低頭看著冰塊已經開始融化的飲料，讓Ple笑了出來。

「那我就不打擾你了，別忘了幫我喔！」來請他幫忙的人走開了，但要幫忙的人卻慢慢收起了笑容，不是因為他幫不了Ple，臭Rain的事情才一丁點，反倒是Ple說的事情懸在心上。」

他是Phai哥的男朋友？

「我們又不像Phayu學長跟臭Rain那樣。」

當Ple一說，他也才想到，Phai哥為他做的事情已經超過追求者了，甚至有些情侶都不會做到這種程度，而他也不需要那樣。

那種感覺太超過了，沉重到令人恐懼。

他對這段關係的未來感到害怕，而只有一個方法可以讓它停在這裡 —— 讓我們之間的關係只是個利益交換的故事之類的。

「我要給Phai哥他想要的東西。」

他不想深陷其中，越快給出去，Phai哥就會越快厭倦他，到了那個時候，Phai哥就會自己離開了吧？

國家圖書館出版品預行編目資料

Love Sky戀愛天空/Mame著 ; 舒宇譯. --
　初版. -- 臺北市 : 臺灣東販股份有限公司,
　2022.01
　228面 ; 14.7x21公分
　ISBN 978-626-304-994-9(上冊 : 平裝).

868.257　　　　　　　110019982

戀愛天空（上）

2022年 2 月 1 日初版第一刷發行
2024年 3 月 1 日初版第五刷發行

作　　　者　MAME
封面繪師　MN
譯　　　者　舒宇
編　　　輯　魏紫庭
美術編輯　竇元玉
發 行 人　若森稔雄
發 行 所　台灣東販股份有限公司
　　　　　　＜地址＞台北市南京東路4段130號2F-1
　　　　　　＜電話＞(02)2577-8878
　　　　　　＜傳真＞(02)2577-8896
　　　　　　＜網址＞http://www.tohan.com.tw
郵撥帳號　1405049-4
法律顧問　蕭雄淋律師
總 經 銷　聯合發行股份有限公司
　　　　　　＜電話＞(02)2917-8022

戀愛天空

東販出版 《戀愛天空 上》‧非賣品

© 2022 MAME Taiwan Tohan Produce

東販出版 《戀愛天空 上》‧非賣品

© 2022 MAME Taiwan Tohan Produce